文通天下

突 破 认 知 的 边 界

朱成玉

著

云上写诗，
泥中开花

光明日报出版社

图书在版编目（CIP）数据

云上写诗，泥中开花 / 朱成玉著 . -- 北京：光明
日报出版社，2023.9
ISBN 978-7-5194-7464-5

Ⅰ . ①云… Ⅱ . ①朱… Ⅲ . ①散文集－中国－当代
Ⅳ . ① I267

中国国家版本馆 CIP 数据核字 (2023) 第 174357 号

云上写诗，泥中开花
YUSHANG XIESHI，NIZHONG KAIHUA

著　者：朱成玉	
责任编辑：谢　香　孙　展	责任校对：徐　蔚
封面设计：田　松	责任印制：曹　净

出版发行：光明日报出版社

地　址：北京市西城区永安路 106 号，100050

电　话：010-63169890（咨询），010-63131930（邮购）

传　真：010-63131930

网　址：http://book.gmw.cn

E - mail：gmrbcbs@gmw.cn

法律顾问：北京兰台律师事务所龚柳方律师

印　刷：天津鑫旭阳印刷有限公司

装　订：天津鑫旭阳印刷有限公司

本书如有破损、缺页、装订错误，请与本社联系调换，电话：010-63131930

开　本：146mm×210mm	印　张：8.5	
字　数：160 千字		
版　次：2023 年 9 月第 1 版		
印　次：2023 年 9 月第 1 次印刷		
书　号：ISBN 978-7-5194-7464-5		
定　价：49.80 元		

版权所有　翻印必究

第一辑

我不想拆掉你的翅膀

第二辑

爱是一切的源头

第三辑

你无法路过人间所有的疼

第四辑

有情众生，来来往往

第五辑

唯有高贵灵魂的触须
才够得到星光

第六辑

我打扫天空，你邀请太阳

第一辑

我不想拆掉你的翅膀

人生不只有悲观和乐观，还有顺其自然。悲命可以，莫要悲心。阳光在，树在，花在，爱意充盈，世界的缺陷和曾经的伤害，暂且可以既往不咎。上帝的可爱，不只是因为他创造了生命，发明了死亡，更是因为他在从生到死的路上，撒遍了鲜花，铺设了美景。

仁爱之心的利息

它来自人群，细小、细微、微乎其微，几乎寻找不到，又随处可见。他们自认渺小，却塑造伟大。

看过关于胡适先生的一则逸事。陈之藩梦想赴美留学，但连路费都没有，胡适知道后，立即给他寄来支票，圆了他的留学梦。陈之藩后来在美国钻研物理学，成为大家。经济条件好转后，他把支票寄还给了胡适，胡适给他写了封回信：

之藩兄：

谢谢你的信和支票。其实你不应该这样急于还此四百元。我借出的钱，从来不盼望收回，因为我知道我借出的钱总是"一本万利"，永远有利息在人间的。

陈之藩收到此信后大为感动，对胡适那颗博大的仁爱之心更加崇敬。

陈之藩认为，回报胡适的最好方式，就是用自己的仁爱之心，去帮助别人。这样，便是令那份仁爱之心，在人间有了生生不息的利息。

新中国第一届电影艺术专业的硕士之一鲍玉珩教授曾撰文怀念钱锺书和杨绛夫妇，对他们给予的帮助念念不忘——那时，他正好大学毕业，考上了中国艺术研究院的研究生，并且是第一届电影艺术专业的研究生。然而考上之后面临着经济上的困难，由于他来自街道工厂，每月只有三十几元的薪金，而考上研究生后首先接到的是原单位不再提供经济资助的通知。他已经结婚，而且女儿也三岁多了，甚至连他的一些亲朋也劝他不要再读研究生了，赶紧工作养家。这时钱锺书和杨绛先生知道了他的困难，打电话让他到家中。杨老很亲切地问他家里的意见，然后又问了他的打算，随即从书桌上拿出一个信封，对他讲："这里是八百元，我们每月补助你五十元供你读研究生，记住是供全家的。"杨老说得很认真，钱老则笑笑说："考上了不容易，不上岂不太可惜！"他当时感动得痛哭，钱老安慰他说钱是身外之物，放着也没用。后来他才知道这八百元是他们刚得到的一笔稿费，结果全给他用了。当时这笔钱不是一个小数，他正是有了这笔资助才能踏踏实实地读完研究生。

钱锺书和杨绛夫妇的仁爱之心，在文化界有口皆碑，这只是窥豹一斑。而鲍玉珩之后也以钱锺书夫妇的做人准则来严格要求和鞭策自己，热心助人，这也算是仁爱之心的利息在人间传播吧。

名人有名人的仁爱，凡人亦有凡人的仁爱。

早在2004年，青岛红十字会工作人员就发现数十笔大额捐款都署名"微尘"。后来，越来越多的人使用"微尘"这个名字捐款。渐渐地，"微尘"已经发展成为关爱他人的一个符号，成为一座城市传递爱心的指代。它来自人群，细小、细微、微乎其微，几乎寻找不到，又随处可见。他们自认渺小，却塑造伟大。

"微尘"们用自己的仁爱去帮助他人，去传递仁爱的利息。他们用仁爱医治伤者，关怀弱者，体恤残者，这种仁爱的名字又叫"博爱"。

"微尘"们正在以仁爱之心唤醒仁爱之心。这种仁爱之心是一笔宝贵的财富，而且它们的利息永远流传在人间。

人心净明，天下太平

"曲径通幽处"，并非说的是人心，人心如果弯路多了，只能通向更深的黑暗。

人心就是天下，人心净明，天下太平。

人心，莫要太过复杂，简单些，明了些，少绕一些弯子为好，毕竟两点间直线距离最短。

生气为什么要喊？因为两个人生气的时候，绕的弯子多，心的距离最远。为了使对方能够听得见，就必须喊。在喊的同时会更生气，更生气距离就更远，距离更远就更要大声地喊。两个人相爱的时候就恰恰相反，说话可以轻声细语，因为心与心之间几乎没有距离，眼神都可以传情。

"曲径通幽处"，并非说的是人心，人心如果弯路多了，只能通向更深的黑暗。

弯弯肠子绕来绕去，绕出了诡计，也绕出了小人。

人生路上，有贵人，也难免会遇到各种各样龌龊的小人。看过一句话说："对付小人，就像对付没有烧透的煤，碰碰，才会燃烧；晾着，自然就灭了。"所以，别太把他们当回事。

相传明末，张献忠"屠戮生民，所过郡县，靡有孑遗"。有一天，他的部下李定国见到破山和尚。破山和尚为民请命，要求别再屠城。李定国叫人拿出羊肉、猪肉、狗肉，对破山和尚说："你和尚吃这些，我就封刀！"破山和尚说："老僧为百万生灵，何惜如来一戒！"就立刻吃给他看。李定国盗亦有道，从此封刀。

破山和尚开戒，换来众生太平，想必如来定会宽宥的吧。

亦舒说："人们日常所犯最大的错误，是对陌生人太客气，而对亲密的人太苛刻。把这个坏习惯改过来，天下太平。"

莫要过早埋下恨的种子，那样更多的土和阴影就会埋葬你。试着用爱的土壤去覆盖恨的种子，你会发现恨会变成爱，破土而出。爱恨相容，天下太平。

守着自己的碗吃饭，不要吃着碗里的，想着锅里的，天下太平。

韩美林有个著名的"活命哲学"：没心没肺，能活百岁；问心无愧，活着不累；心底一汪清水，没有过夜的愁；不生过夜的气，也就没有过夜的病。正是依靠心底的这朵莲花，他熬过了一段黑暗的日子，重新找回生活的太平。

小时候和玩伴经常玩一种"天下太平"的游戏。两个小屁孩儿，捡块小石头，找块干净的地皮，画个田字框，面对面坐下。手上石头剪子布，嘴上喊着"你输我赢，天下太平"，谁赢谁就在田字框里写下"天下太平"的一笔。继续石头剪子布，继续你输我赢，继续一笔一笔地写下，谁先把"天下太平"写完，谁就赢了。没啥战利品，揪揪耳朵、捏捏鼻子、龇龇牙……然后继续下一轮的你输我赢。小时候是快乐的，是幸福的！在玩的艺术上，每个孩子都天生是一位伟大的艺术家！

如今，已是快四十岁的人了，亦常常扯着妻的手与我对坐，和她说"来，你输我赢，天下太平"。依然童心未泯，看啥都新鲜，觉得啥都是宝！依然相信种种美好，依然爱做黄粱美梦。不去管它，活着就好，快乐就好，不论大人还是娃娃，无论是做官还是在水产市场上卖鱼虾！

人心如同秋日的广场，总会落些叶子和浮尘。我们要时刻备着一把扫帚，为自己扫出一片澄明的境地。

春去春回，花开花落，人心亦应遵循自然的规律，莫去强求额外的春光，莫去惦念多余的芬芳。属于一颗心的，或许只是一碗粥，多出一勺，也是你的贪念。

一篮花香，一檐鸟声，一壶日月，一线流光，人生大起大落事，最后莫不归于沉寂。放平常心，行光明事。仰望，不为攀附；俯视，不为侮蔑。如是，目之所及，皆为风景。

人心干净，明了，与世无争，还何愁天下不太平呢？

优人一等的心

"优等的心，不必华丽，但必须坚固。"

优人一等的心，是什么样子？

我家门前有一个剧院，常常会有一些二人转的演出。那欢快的曲调儿常常在傍晚时分响起，整个上半夜的时光就都跟着颠跟着颤了。那里的门票分三个等级，最低也要三十元一张。但这丝毫阻挡不了人们来看二人转的热情，剧院里常常是人满为患。

邻居张大爷是个二人转迷，一辈子就好这一口，可是家里的经济条件不好，根本没有闲钱让他去剧院里过瘾。这位爷自有他的高招，傍晚时分背着自家的藤椅，往剧院门口的大喇叭旁一放，美美地躺进去，摇着扇子，在暖暖的风里摇头晃脑地听起来，那叫一个美啊！

剧院的人并没有驱逐他，因为他那无比享受的神情，也算是给剧院做了免费的活广告。两相成全，相安无事，乐得其所。

时间长了，张大爷便成了剧院的门前一景。那轻轻摇着的扇子，定是在他的心间扇出了最惬意的风。

这便是优人一等的心。

剧作家沙叶新曾有过一个鲜为人知的笔名"少十斤"，不明就里的人，仔细一看，原来是将名字的每个字劈成两半。沙叶新自己开玩笑说："将'沙叶新'砍去一半，也不过'少十斤'，可见沙叶新无足轻重，一共才二十斤。"

胃癌手术后，有记者采访他，他照例幽默不断："因为癌症，我的胃被切除了四分之三，我也是'无畏（胃）'的，你想听什么，随便问吧。"

这是一颗多么豁达而轻松的灵魂。把自己看得很轻，人才会松快。

沙叶新是出了名的"犟脾气"，向来都是不媚时、不曲学阿世，在任何环境下，都能做到不降志、不辱身、不赶时髦、不回避危险。有人评价沙叶新，说他是"不为权力写作的老戏骨"。他秉承文人风骨，坚持自我思考、独立书写，绝不出卖灵魂，做权力的吹鼓手。

这便是优人一等的心。

妻子喜欢捡垃圾，每次一家人出去吃饭回来，挺贵重的皮包里便都装着捡来的矿泉水瓶子。楼下谁家丢弃的衣物妻子也都捡回来，破烂的缝补了，脏的洗了，导致阳台上总是堆得满满的，像十足的垃圾场。更让我不能理解和讨厌的是，女儿竟然也学她捡垃圾。我觉得妻子带坏女儿，让女儿小家子气，为此不止一次地和她争吵。直到后来我才知道，妻子每次卖了旧物都会带女儿去看一个没钱读书的孩子，他是妻子和女儿一起在帮助的孤儿。

我无比惭愧，妻子这样是带坏女儿吗？她这样做，只会让女儿的心，一点一点更靠近了阳光。

这便是优人一等的心。

毕淑敏说："优等的心，不必华丽，但必须坚固。"

优人一等的心，是照比那些庸常，多了一分优雅；照比那些喧噪，多了一分从容；照比那些冷漠，多了一分慈悲。

莫忘樱桃，不负芭蕉

上帝的可爱，不只是因为他创造了生命，发明了死亡，更是因为他在从生到死的路上，撒遍了鲜花，铺设了美景。

"流光容易把人抛，红了樱桃，绿了芭蕉。"

青春易逝，一不留神就从眼前飘过去了。留神了又如何呢？青春一样不会慢下脚步，一样是迅疾的，像骑着单车飞奔的少女，长长的马尾辫被甩在身后，马上要掉下来的样子。

一个朋友和我说，时光很宝贵，又很琐碎，有时候想要珍惜它，又不得不沉入它的琐碎里慢熬。我说，多少人都是走不出自我的。多少人，都是在原地画着圈圈。好像一直在走，其实只是原地踏步而已。什么才是真正的行走？要看你带走了多少风声，要看你存储了多少鸟鸣。

还有一个朋友忽然说自己有些"恐生"，不是怕见生人，也不是孕妇怕生小孩，而是恐惧活着。他说人到中年，就开始遭遇各种亲人离去的噩耗，这让他有些受不了，他说希望自己能在他们之前先死去，那样他就不会这样担心和害怕了。

我不知道这都是怎么了，好端端的人为什么都要躲到晦暗的角落里去，晒晒太阳不好吗？可以补钙，可以杀菌，可以把皮肤晒成健康的古铜色。

我告诉这位"恐生"的朋友一个电影里的故事：一个人在年轻时想过自杀，在凌晨来到一个樱桃园里。为了系自缢用的绳索，他爬上了樱桃树，然后尝了一粒樱桃。正是这粒樱桃的滋味让他活了下来。

樱桃总有落的时候。我的脑海中便浮现出一种假设：当樱桃变成了樱桃罐头，是樱桃们重新活过来了吗？

悲观的人和我说，悲催的人生就像老鼠过街，提心吊胆；乐观的人和我说，精彩的人生就像孔雀开屏，光芒四射。

我对他们说，人生不只有悲观和乐观，还有顺其自然。悲命可以，莫要悲心。阳光在，树在，花在，爱意充盈，世界的缺陷和曾经的伤害，暂且可以既往不咎。

上帝的可爱，不只是因为他创造了生命，发明了死亡，更是因为他在从生到死的路上，撒遍了鲜花，铺设了美景。

红的樱桃，绿的芭蕉，都是绝美的好时光。我们怎忍辜负呢？

我对着空白的纸说：倾诉吧，有什么委屈、什么怨恨，都说出来吧。说出来之后，就欢快地奔跑吧，或者愉悦地散步，别弄皱了时光。

流光容易把人抛，莫忘樱桃，不负芭蕉。

我不想拆掉你的翅膀

有时候，拒绝也是一种帮助。

　　一个不到二十岁的文学爱好者，带了厚厚的一大本他自己写的文章，赶了很远的路来拜访我，希望能够得到我的一些指点。

　　他和我说，他是攒了好几天才攒够了来看我的路费，路上都不敢吃什么东西，怕把回去的路费吃掉了。说到这儿，他羞怯地低下了头。

　　我为这个醉心于文学的小伙子感动着，拿毛巾给他。他一边擦汗一边羡慕地说："你的工作可真好，多么宽敞漂亮的办公室啊！"

　　我说："好好写你的文章，你也会有这样的办公室的。"

　　我带他去食堂吃过饭后，他一再掏出他口袋里的一些零钱，对我说："囊中羞涩，不好意思，第一次来什么也没给您带，您不会见怪吧？"

　　我见过富人炫富，却没见过穷人"晒穷"。

　　"怎么会呢？"我拍着他的肩膀，劝他不要想那么多。

　　我看了他写的那些文章，华丽有余而力量不足，但总体的文字基础还是不错的。如果坚持下去，定会有不小的收获。我的褒奖显然增添了他的自信，他说他一定会加倍努力，一定要写出个名堂来。我给他留了电话号码，告诉他有什么事情可以随时来找我。他接过我的名片，手有些抖，满怀感激的样子。

天有些晚了，我不停地看着手表，示意他应该走了，不然会赶不上回去的车。他大概也看出了我的心思，说没事，回去的车有的是，就是天黑了也有。然后，他就有些不好意思地说："能不能再到您的食堂里吃顿饭啊，那样，在回去的路上我就可以不吃东西了。"

"当然可以啊。"我爽快地领他去食堂，让他吃了个饱。然后又替他打了满满的一盒饭，让他带着在路上吃。在办公室里，他看到地上堆了很多纸张，向我索要，说："反正您这里这么多，我也可以用它们多练笔写东西。"我就找了个袋子，帮他装了些洁白的纸张，心里却忽然有了一种说不清楚的感觉，令我的热情骤减。

他再一次感激涕零，发誓一定要写出好作品。

临走的时候，他又一次掏出他的那些零钱（他回家的路费），不厌其烦地说最近手头拮据，什么都没给我带，让我不要怪他。我知道，他这是在暗示我替他买一张回程车票。

钱就在我的口袋里，但这次，我没有掏出来。

他和我说，有一次在车站，他没钱买车票，就向别人开口要，没想到有一个好心人很慷慨地给了他五十元呢。

他一再地暗示我，就差没有开口向我要钱了。可我依然装聋作哑、无动于衷。

口袋里的钱被我握成了一个纸团。我知道，我不能把它交到他的手上，那样，它真的就成了一团废纸，没有尊严的废纸。

他用一种很奇怪的眼神看我，或许他觉得我是个吝啬的人，但我必须那样做，我只是不想让他养成一种过分依赖别人施舍的习惯。

对一个羽翼未丰的年轻人来说，别人每施舍一次，就等于拔掉了他的一根羽毛。所以我不能施舍他，哪怕是小恩小惠，也等于是在慢慢拆掉他的翅膀。

"我也有过贫困潦倒的时候，"我想有必要和他讲讲我自己的故事，"那一次也是在车站，自己口袋里的钱不够买车票。但我没有向别人讨要，而是去杂货店买了一管鞋油和一个鞋刷，在车站帮别人擦鞋，擦一双鞋一元钱，一共擦了五双鞋，可是还不够买全程的车票。我就买了短途的票，然后在车厢里继续给别人擦鞋，一站又一站，如此反复。就这样，我擦了一路的鞋，也买了一路的票，终于到了家。"

他低着头，又一次羞红了脸。我感觉到了，这一次，是他灵魂里的羞愧。

有时候，拒绝也是一种帮助。因为我不想，拆掉你的翅膀。

在这之后的几年里，我们互相通信保持联系，我常常在信中鼓励他坚持下去。现在，他在当地已经小有名气，而且被当地文联破格录用，他也有了和我一样宽敞漂亮的办公室。他在给我的来信中真诚地表达了他的感激之情，他说："我之所以能有今天，都是因为您的那一次'拒绝'，拯救了一颗即将跌落山谷的尊严的心。感谢您，让我拥有了一双自尊、自强、自立的翅膀。"

时光不旧，只是落满尘灰

只要用心去擦一擦，那隐匿起来的时光随时都可以亮洁如新。

那时我二十岁，却在经历人生的秋天，满目疮痍，遍地枯草，大有"晚景凄凉"的味道。我自己看来，我比隔壁的那个孤寡老人更窘迫。

他没有退休金，每日里靠捡拾垃圾艰难度日。喝酒算是他一天中唯一的一点乐趣吧。只有在喝小酒的时候，那院子里才有了点儿活人的气息，我甚至能听到他哼着一些古老而神秘的曲调。

他院子里堆着的都是捡来没来得及去卖的破烂儿，就是这廉价的破烂儿，竟然也遭遇了盗贼。那盗贼就是我。

高考落榜后，父母让我去工厂做学徒工，我不去，关起门来坚持写作，梦想有一天可以写出名堂来。苍白无力的青春，空洞的辞藻，自然无法让我写出多么出彩的文章来。消极的我开始变得颓废，抽烟、酗酒、打架，"无恶不作"，邻居隔几天就上门来和父母讨说法，父母气急败坏，不再给我零花钱，任凭我"自生自灭"。我要写稿投稿，没钱买稿纸和邮票，只好打了他的主意，因为我注意到，他那些垃圾里，有一些本子是可以拿来用的。

他并没有太严厉地呵斥，只是对我说："你不好好读书，来这破烂儿堆里翻个啥？破烂儿就是破烂儿，还能翻出什么稀罕玩意儿来？"说完他就往那堆破烂儿里一躺，和那堆破烂儿融为一体，好像要告诉我，那破烂儿是他的，也就他把那破烂儿当有用的东西吧。"嘿嘿，我也是个破烂儿。你来翻翻，看我口袋里有没有点值钱的东西。"

我的脸羞臊得通红，只好和他坦白，说自己看中了他捡来的那些本子。

"不过话说回来，破烂儿也分两种，一种是完全没有用的，一种是还有一点利用价值的，比如我捡的这种，还是可以换回一点钱的，"那天他喝了酒，心情不错，没有和我发火，借着酒劲儿，还对我进行了一番教诲，"人啊，不管多糟糕，哪怕你狼狈得像垃圾一样，只要用心，你也会是那可以回收利用的垃圾。相反，你若自暴自弃，沉沦堕落，那么你就是把自己扔进了不可回收的垃圾箱。"

这话一点不像一个捡破烂儿的老人说的，反倒像我的语文老师在课堂上给我讲的。

为了"惩罚"我，他说："去给我把窗户玻璃擦了吧，很久没擦了，都看不到外面的东西了。"

我只好乖乖地去擦玻璃。玻璃擦干净了，晦暗的屋子一下子亮堂了起来。他心情很好，招呼我喝一口。我捏着鼻子喝了一口，辣得不行，直吐舌头，他倒是乐得前仰后合。

最后，他在自己的垃圾里仔细挑拣，把那些我能用到的本子都给了我。

"该惩罚也惩罚了，不过你既然帮我把玻璃擦得那么干净，也得奖励奖励，这些就奖励给你吧。"

我流着泪接过那一摞本子，脏兮兮、皱巴巴的本子，我却坚信自己可以在那上面写出干干净净、青春靓丽的文字来。

一度以为，自己荒废了光阴，不可救药。但这个可敬的老人让我知道，时光还没有被我用旧，只是蒙上了一层灰垢而已。只要用心去擦一擦，那隐匿起来的时光随时都可以亮洁如新。

捆绑苦难

把两个人的苦难捆绑到一块，苦难便消解了一半。

在那次关于矿难的采访中，我接触到一位被双重苦难击中的中年妇女：瞬息之间，她失去了丈夫和年仅十八岁的儿子。

她在一夜之间变成孤身一人，一个家庭硬生生地被死亡撕成两半，一半在阳光下，一半在尘土里。

两个鲜活的生命去了，留下一个滴着血的灵魂。悲伤让她的头发在短短几天就全白了，像过早降临的雪。

一个人的头发可以重新被染成黑色，但是，堆积在一个人心上的雪，还能融化吗？

那声沉闷的巨响成了她的噩梦，时常在夜里惊醒她。她变得精神恍惚，时刻能感觉到丈夫和儿子在低声呼唤着她。

同样不幸的还有很多，一个刚满八岁的孩子，父亲在井下遇难，而在上面开绞车的母亲也没能幸免于难，巨大的冲击波将地面上的绞车房震塌了，母亲在被送往医院的途中离开人世。

在病房里，我们不敢轻易提起这场噩梦。这使我们左右为难，主编给我们的采访任务是关注遇难职工家属的生活，可是我们真的不忍心再掀开他们的伤口，那一颗颗苦难的心灵简直就是一座随时都有可能爆发的悲伤的火山。

我们沉默着，找不到可以安慰他们的办法，语言在那里显得是那样苍白无力，就像一个蹩脚的画家面对美景时的束手无策。

由于过分悲伤，她整个人都有些"脱形"了。但是最后还是她打破了沉寂，在得知了我们的来意后，她说："活着的人总是要继续活下去的，但愿以后不会再有矿难发生，不会再有这样的一幕幕生离死别的悲剧。"

我在笔记本上收集着那些苦难，每记下一笔，都仿佛是在用刀子剜了一下她的心。那一刻，我的笔滴下的不是墨水，而是一滴滴血和一滴滴眼泪。

在我问到关于以后生活方面的问题时，她做出了一个让我们意想不到的决定，她要收养那个失去父母的孩子。

"我不能再哭了，我要攒点力气，明天还要生活啊……"在她那里，我听到了足以震撼我一生的话："我没了丈夫和孩子，他没了父母，那就把我们两个人的苦难绑到一块吧，这样总好过一个人去承担啊。"

把两个人的苦难捆绑到一块，那是她应对苦难的办法。厄运降临，她没有屈服，她在这场苦难中懂得了一个道理，那些逝去的生命只会让活着的人更加珍惜生命。

短短几天的采访行程结束了，临走的时候，我去了她的家，我看到她把院子收拾得干干净净，几盆鲜花正在那里无拘无束地怒放，丝毫不去理会尘世间发生的一切。那个失去父母的孤儿正在院子里和一只小狗快乐地玩耍。我如释重负般松了一口气，抬头就看到房顶的炊烟又袅袅飘荡起来了，那是在生命的绝境中升起的炊烟啊，像一根热爱生命的绳子，在努力将绝境中的人们往阳光的方向牵引，虽然纤弱，但顽强不息。

我知道，在以后的生命中，无论身处怎样的困境，我都会坚强地站立，因为我知道，曾经有一个人，用她朴实的生命诠释了她的苦难——

把两个人的苦难捆绑到一块，苦难便消解了一半。

勇敢地打开自己

爱和阳光，是最锋利的剃刀。

同事家有个小女孩，患有先天性失语症。由于天生不能与人交流，她不愿与外界接触，整天自我封闭，在黑暗的小天地里孤独生活着。

看着孩子一天天地消沉下去，父母心中焦急万分。她父母和我说，这孩子很懂事，从来不给他们添乱惹祸，就是总也看不到她脸上的笑容。

我觉得有必要去帮帮她解开内心的"障"。

我和她通过一张张纸片进行着"谈话"——

"我不能说话，也听不见别人在说什么。我是一个累赘，爸爸妈妈的一个包袱，看着他们每天为我着急上火，我真的不忍心。我想早点离开这个世界，让爸爸妈妈不再那么累。"

"你是个懂事的好孩子！但你要知道，你不是为你一个人活着的，你的父母都非常非常爱你。就算你是包袱，也是个美丽的包袱，是上帝送给你父母的礼物，送给这个世界的礼物。"

"我也爱他们，非常非常爱。所以我才更加感到难过！因为别人家的父母都有健健康康的孩子。"

"孩子，你还没有真正了解你自己，有些声音不是用耳朵听的，有些话也不是用嘴巴说的。你知道你自己像什么吗？"

"什么？"

"像一本书，但是你从来没有把自己打开过。"

"真的吗？我真的可以是一本书吗？那要怎样才能打开呢？"

"比如，你打开窗子，就是打开了这本书的扉页，你看到阳光了吗？看到树木和花朵了吗？那都是这本书里精彩的内容。"

"那我现在就去打开窗子。"

我看到她缓缓地开了窗子，阳光好像是一个在外面等急了的客人，迫不及待地闯了进来。我看到她的脸上，慢慢绽放出一朵微笑的花来。

我知道，她心中的"障"正在慢慢剔除，因为爱和阳光是最锋利的剃刀。

你无法怂恿太阳去沉沦

明天的太阳是新鲜的，世界的每一个早晨都是新鲜的，新鲜得令人垂涎欲滴，崭新得让堕落的灵魂羞愧。

刚刚下过一场厚厚的雪，覆盖了这个世界所有的缺憾和污垢，广阔的天地间只剩下一张巨大无边的白纸，轻轻托着一颗正在滴血的巨大的心脏。

我们不停地奔跑，只想把那颗心脏抱在怀里。

那是一场日全食，在短暂的黑暗之后，太阳重新统治了世界，那红红的太阳，像一万只鸽子凝固在一起痴情的血，像一万个女人滴在一处相思的眼泪。

憔悴的太阳，是什么让你无法承受世人辛酸的泪水？

想到尘世中的人，想到一些或高贵或卑微的生命，那生生世世无法愈合的伤口，那时时刻刻无法安宁的疼痛，便是生命中一次次悲壮的日食。是啊，再伟大再坚强的生命也有它脆弱的一面，正如太阳也会生病，也有容颜憔悴暗淡无光的时刻。尽管它是我们精神上的父亲，每天都在为我们灌输着血液和真理。

日全食可以被认为是太阳的短暂沉沦吗？不，那不是沉沦，那是太阳累了，想休息一下而已。

这时候的太阳让我想起某些人，那些人注定是充满光泽的，这份光泽来自灵魂，因为灵魂里镶嵌了钻石。

南非前总统曼德拉曾被关押二十七年，受尽虐待。他就任总统时，邀请了三名曾虐待过他的看守到场。当曼德拉起身恭敬地向看守致敬时，在场所有人乃至整个世界都静了下来。他说："当我走出囚室、迈出通往自由的监狱大门时，我已经清楚，自己若不能把悲痛与怨恨留在身后，那么我仍在狱中。"

欧·亨利，美国短篇小说家。尽管他极端憎恨社会的丑恶和黑暗，但却对光明有着强烈的追求和向往，所以，总是为自己的故事添上一个圆满的结局。他一生都在渴望着光明，在他临终时，屋子里却一团漆黑。他愤怒地对身边的人说："打开灯，我不在黑暗中回老家！"

爱迪生八十四岁高龄的时候，仍然整天在实验室里忙碌。有一天，终于因体力不支昏了过去。当他在病房里苏醒后，发现亲友们正在焦虑地看着他。爱迪生向大家扫视一遍，然后微笑着说："阴间的景色还真是不错啊。"这位伟大的发明家很快就平静地去世了。

在他入葬那天，许多人家都熄灭了灯光，在黑暗中默哀。因为大家都知道爱迪生的发明对大家的贡献和好处：只要灯光熄灭哪怕一会儿工夫，就让人们体会到有多大的不方便；要是一段时间的灯光熄灭，那就更会感到不方便了。人们就选择了用这种方式纪念这位伟大发明家的卓越贡献。

海明威说："一个人可以被毁灭，但不能被打败。"

是的，你可以躲进阴影里，逃避太阳的光芒，但你无法怂恿太阳去沉沦，就像你不能阻止一棵树的成长。那些向上的心，懂得如何在逆境中攀缘。

每个人的生命中都曾有过灰暗的时候，每一片命运的雪地上都会掺杂着一些苦难的盐，每一条道路上都有人等待重新出发，但再大的风雪也无法阻挡明天的太阳。

明天的太阳是新鲜的，每一个早晨都是新鲜的，新鲜得令人垂涎欲滴，崭新得让堕落的灵魂羞愧。

你永远无法怂恿太阳去沉沦！

向美好的旧日时光道歉

向得而复失的一颗颗心道歉。我没有珍惜你们，唯有企盼，上天眷顾我，让那一颗颗真诚的心，失而复得。

美好的旧日时光，渐行渐远。在我的稿纸上，它们是代表怅惘的省略的句点；在我的书架上，它们是那本装帧精美，却蒙了尘灰的诗集；在我的抽屉里，它们是那张每个人都在微笑的合影；在我的梦里，它们是我蒙眬中喊出的一个个名字；在我的耳边，它们是一句句最贴心的劝告、忠言……

现在，我坐在深秋的藤椅里，它们就是纷纷坠落的叶子。我尽可能地去接住那些叶子，不想让时光把它们摔疼了。

这是我向它们道歉的唯一方式。

向纷纷远去的友人们道歉，我已经不知道一封信应该怎样开头，怎样结尾，更不知道字里行间，应该迈着怎样的步子。

向得而复失的一颗颗心道歉。我没有珍惜你们，唯有企盼，上天眷顾我，让那一颗颗真诚的心，失而复得。

向那些正在远去的老手艺道歉，我没能看过一场真正的皮影戏，没能找一个老木匠做一个碗柜，没能找老裁缝做一件袍子，没能找一个"剃头担子"剃一次头……向美好的旧日时光道歉，因为我甚至没有时间怀念，连梦都被挤占了。

我们走得太快，与生命中的一些美丽景致擦肩而过。正如电影《大城小事》里面的一句台词：我们太快地相识，太快地接吻，太快地发生关系，然后又太快地厌倦对方。看来，都是快惹的祸！在这点上，老祖宗都比我们有智慧，他们说，心急吃不了热豆腐。

旧日时光，尽管琐碎，却那般美好。

"琐碎"这样一个字眼仿佛让我看到这样一个老人，在异国他乡某个城市的下午，凝视着广场上淡然行走的白鸽，前尘往事一点一滴慢慢涌上心来：委屈、甜蜜、辛酸、光荣……所有的所有在眼前就是一些琐碎的忧郁，却又透着香气。

其实生活中有很多让人愉悦的东西，它们就是那些散落在角落里的不起眼的碎片，那些暗香，需要唤醒，需要传递。

就像两个人的幸福，可以很小，小到只是静静地坐在一起感受对方的气息；小到跟在他的身后踩着他的脚印一步步走下去；小到用她准备画图的硬币去猜正反面；小到一起坐在路边猜下一个走这条路的会是男的还是女的……幸福的滋味，就像做饭一样，有咸，有甜，有苦，有辣，口味多多，只有自己体味得到。

但人性中也往往有这样的弱点：回忆是一个很奇怪的筛子，它留下的总是自己的好和别人的坏。所以免不了心浮气躁，以至总想从镜子里看到自己十年后的模样。现在，十年后的自己又开始怀想十年前的模样了，因为在鬓角，看见了零星的银丝。

轻狂年少，恣意挥霍着彼此的情感，在无数个夜里，我为曾经的伤害而忏悔。经历了千山万水和种种磨难之后才知道，爱人才是最后一盏照耀我的灯，这最后一盏让我复活的灯，微弱却坚强地亮着，让整个夜晚，让我的内心，无比明亮，时时刻刻为我的灵魂指引方向。所以我留着那些忏悔的眼泪，用来换取明天通往幸福港湾的船票。

向美好的旧日时光道歉，因为我的不慎重，将你们失手打碎。从此我的心，变成无底的杯子。

向美好的旧日时光道歉，因为我的不珍惜，将你们丢在脑后。友情的树，爱情的花，一个孤零，一个凋落。

友人，如果你们听到了这些啰啰唆唆的话，请告诉我，这个周末的火炉旁，暖意融融，能饮一杯吗？

爱人，如果你读到了这些絮絮叨叨的文字，请告诉我，停在你门前的那三匹马的车子，还能否载得回你的深情？

把生活变成诗歌

生命中没有导演，无法为自己的人生进行彩排。但我们可以是编剧。

记得小时候，一个夏天的夜里，有一只飞虫飞进了我的耳朵里。我慌张地使劲拨弄耳朵，可是那个顽皮的小飞虫死活不肯出来。我急得哭了起来。

奶奶取来清油，她说，往耳洞里滴几滴清油，就可以把飞虫的翅膀粘住，然后憋死它。

而母亲却让我站起来，把耳朵对着明亮的灯泡，并像变魔术一样地趴在我的耳根上喃喃低语："虫儿虫儿快出来，给你光亮让你玩……"果然，不一会儿，虫儿就慢慢爬了出来，围着灯泡快乐地旋转起来。母亲说，虫儿最喜欢的是亮光，哪里有亮光，它们就会朝哪里飞奔。

对于两种不同的方法，诗人孙晓杰解释道：前者是生活，而后者就是诗歌。

奶奶去世的时候，我既伤心又害怕。一个疼爱我的人永远地走了，再也不回来。蓦然间，令我感觉到生命的黑暗。父亲来开导我，他摸着我的头说："奶奶出远门了，那个方向是通往天堂的方向。"这样的解释让我的心锁顿时打开，父亲把我的悲伤改编成了童话。

从此我微笑着生活，我知道奶奶希望我这样。无论走到哪里，我都会给自己，也给别人以微笑，把手中的爱尽力播撒到世界的每一个角落。

一名小学三年级的学生，在作文中说他将来的志愿是当小丑。一个老师批之为：胸无大志，孺子不可教也！另一个老师祝愿道：愿你把欢笑带给全世界！

有一次到日本伊豆半岛旅游，路况很坏，到处都是坑洞。其中一位导游连声抱歉，说路面简直像麻子一样。另一个导游却诗意盎然地对游客说："诸位先生女士，我们现在走的这条道路，正是赫赫有名的伊豆迷人酒窝大道。"

人生也是这样，当你被一件事情困扰的时候，想没想过换一种方法来解决它呢？我们每个人，无法主导生命，却可以改变生活。那个时候，你会觉得生活是一件很诗意的劳作，而并不仅仅是从一只肩膀到另一只肩膀的疼痛。

生命中没有导演，无法为自己的人生进行彩排。但我们可以是编剧，尽管每个人的生活都会是一本陈年旧账，但我们可以把它变成我们想要的体裁，那些风花雪月可以改编成诗歌，那些柴米油盐可以改编成散文，那些坎坷和灾难可以改编成小说。让你的人生时而像水一样流淌，悠闲而又充满诗意；时而又像山路一样跌宕起伏，峰回路转，柳暗花明。生活是一座杂乱无章的素材库，我们要做的，就是努力使自己成为一个优秀的编剧。

向世界表达善意

向世界表达善意，只需你坚持到底，把爱心的火把一直传递下去。

向一朵花表达善意，只需你闭上眼睛，像蜜蜂和蝴蝶，对着它嗅来嗅去；向一只鸟表达善意，只需你在冬天的雪地上，轻轻扫出一块空地，撒几粒粮食。

向一匹马表达善意，只需你放下鞭子，任由它自由自在地在风中奔跑；向一只狗表达善意，只需你看出它的寒冷，为它垫上温暖的棉絮。

向春天表达善意，只需你写下一首诗，或感恩，或赞叹的一首诗，是你为春天献上的玫瑰；向秋天表达善意，只需你怀念一棵树，曾经枝繁叶茂、栖满鸟声的树，像你秋天里的某些亲人。

向黑夜表达善意，只需你放掉刚刚捉到的萤火虫；向黎明表达善意，只需你早早起床，去看看太阳的分娩。

向一本书表达善意，只需你洗净双手，轻轻翻动；向一幅画表达善意，只需你擦亮双眸，识别真伪。

向一朵云表达善意，只需你蓄满柔情；向一捧雪表达善意，只需你摊开掌心。

向眼睛表达善意，只需你学会凝视；向耳朵表达善意，只需你学会倾听。

向音乐表达善意，只需你不再喧哗吵闹；向诗歌表达善意，只需你不要冷嘲热讽。

向同一个车厢的人表达善意，只需你掐灭手中的香烟；向同一个病房的人表达善意，只需你忍住疼痛，掩盖你的呻吟。

向一个用生命演绎角色的演员表达善意，只需你的一滴眼泪；向一个跑龙套的小丑表达你的善意，只需你一个真诚的微笑。

向孩子表达善意，只需给他们一个可以踢球和放风筝的地方；向老人表达善意，只需你递过去一根拐杖。

向农民表达善意，只需你捡起掉落在桌子上的饭粒；向工人表达善意，只需你拾起那些遗落在路上的螺丝钉。

向老师表达善意，不需你送他礼物，只需你用心去计算、大声去朗读；向医生表达善意，不需你送他红包，只需你重新健康地、自由自在地呼吸。

向交警表达善意，只需你关心红绿灯和斑马线；向爱车表达善意，只需你注意维护和保养。

向月亮表达善意，只需你抬头仰望；向故乡表达善意，只需你低头思念。

向蓝天表达善意，只需你少排放一些浓烟；向大海表达善意，只需你少扔一块垃圾。

向一支笔表达善意，只需你写出规规矩矩的字；向一面镜子表达善意，只需你做一个正大光明的人。

向世界表达善意，不需你抛头颅洒热血，不需你忍严寒受酷暑；向世界表达善意，只需你坚持到底，把爱心的火把一直传递下去。

爱是一切的源头

其实，念旧的人更像菩萨，一如我的母亲。

博大的内心里住着慈悲，今朝和往昔，

一切安好和磨难，总能平和相处，融于一体。

菩萨用她的胸怀，磨砺着岁月的珍珠，

心中有爱，世间万物皆有光亮。

别向我的月亮开火

月亮是无辜的，别向月亮开火。还有什么样的劝慰比这个更有说服力呢？

兰德里和凯恩是德国不来梅一个小镇上的两个古惑仔，他们的人生信条是：享受今天，挥霍青春。能在今天享受的快乐，绝不会留到明天。

因为年轻气盛，酗酒、打架斗殴对他们来说，是再平常不过的事情。为此，他们也付出了代价，除了身体上的伤疤之外，还经常受到惩罚，偶尔会在班房里关一两个星期。但他们丝毫不以这样的经历为耻，恰恰相反，他们以此作为炫耀的标签，在浑浑噩噩的青春里恣意妄为。

渐渐地，他们在当地小有名气，各自有了一帮小喽啰，俨然成了两个黑帮小头目。兰德里在东部称雄，凯恩在西边称王。

终于有一天晚上，因为一些矛盾，他们两个相遇了。自然，谁也不肯让谁，这是一场针尖对麦芒的较量。

眼看着一场火拼就将发生。大街上很多人都被这阵势吓到了，纷纷躲开，只有一个老人，安然自得地坐在他们中间，抬眼望着天空，没有半点走开的意思。

"喂，老头儿，快点离开这儿，我们要打架了。"他们冲着老人大声喊道。

老人似乎没有听到什么，继续望着天空，嘴里哼着一些不知名的曲调。

"再不走，连你一块打。"他们嚷嚷着，惨烈的争斗眼看着一触即发。

"别着急，孩子们，让我们来看看那个浑圆的月亮，难道你们不想啃上两口吗？"老人谐谑地把月亮比作了熟透的苹果，并意味深长地说，"它可不是每天都这么圆的。"

闹哄哄的两个帮派忽然静了下来。接着，老人平静地、一字一顿地说："你们玩你们的，别向我的月亮开火。"

他们一下子都愣住了，不知该如何是好。不约而同地，他们都抬头看了看月亮。那天的月亮的确很漂亮：皎洁，圆满，闪耀着夺目的光辉！令人心底的邪念不由得消散了一些。不知道为什么，兰德里一下子想到了早晨的母亲，想到了她因为自己的无礼和冲撞而掉下的泪水。凯恩则想到了替自己受过的姐姐，想到了自己的无知带给家人的种种伤害。

月亮是无辜的，别向月亮开火。还有什么样的劝慰比这个更有说服力呢？凯恩主动向兰德里伸出了手，兰德里则拥抱了凯恩。

一句话避免了一场争斗，说来有些神奇，但世间就是有那样的一些转变，源于别人的一个简单的举动，甚至是一句简单的话。后来，兰德里做了一名牧师，凯恩做了一名医生，与当初的他们判若两人。现在的他们都是以服务社会、关爱他人为己任。这些转变，都源于那个夜晚，源于那个老人的那一句："别向我的月亮开火。"

在之后的日子里，兰德里和凯恩成了无话不谈的好朋友。他们在各自的领域成功之后，千方百计地四处寻找当年那个"保护月亮"的老人。在他们看来，老人当时保护的不仅仅是月亮，还有他们的心灵。

终于，他们在一家老人院里找到了他。他变得更老了，每天都要坐在轮椅上，靠别人照顾生活。

在老人院提供的个人资料上，写着老人再简短不过的简历：老约翰，生于1921年。"二战"老兵，在战争中双目失明。

爱的习惯

原来，记忆可以失去，但爱你的习惯，一直都没有改变。

狗走丢了还会回来，是的，我一直这样坚信。这大概是出于对狗的记忆力的肯定，以及对于我们这里人心之善的肯定。这里的人们不热衷于吃狗肉，不然狗失踪了，大概率是被人弄死剥皮烀好端上了桌。

猫走丢了也还会回来，除非你不要它了。

唯一让我担心的，是老爸走丢。他是否还回得来，就不好说了。

所以，当派出所的人打电话给我，说你爸在我们这儿呢，你快点领回去时，我庆幸之余，不免心生疑虑，老爸连我都不记得了，怎么就记得我的电话呢？

原来，他在记忆还没有完全丧失的时候，偷偷地把儿女的名字和电话都抄写下来，分别放在左右两个口袋里，左边是儿子，右边是女儿。为什么左边是儿子，右边是女儿呢？这是他的习惯，从我们记事起，父亲就经常从他的口袋里掏出好吃的给我们，多数是糖果。左边的口袋永远是给儿子的，右边的口袋永远是给女儿的，不偏不倚，我们享受的甜，总是一样多。

原来，记忆可以失去，但爱你的习惯，一直都没有改变。

美国前总统里根得了阿尔茨海默病之后，夫人南希尽心尽力地照顾他。某一天，当保镖陪着里根出去散步时，里根在一栋有着花园的别墅前停了下来，并试图去推开别墅大门。保镖以为他又犯糊涂了，告诉他这不是他的家，扶着他要离开。里根却执拗地再次去推门，吃力地说："我只想为我的爱人摘一朵玫瑰。"

里根很爱他的夫人，经常会送花给她，这已然成了他的一种爱的习惯，哪怕失去了记忆。

我有一个邻居，是一个疯女人。严格意义上说，她只是在下午两点的时候才会疯，不过，她疯得很平静，一般人看不出来，只有她的丈夫知道，那一刻，她是疯着的。

每天那个时候，她都会买一个大大的棉花糖，站在人民公园的入口处，呆呆地望着过往的人，确切地说是看着每一个孩子，这成了她雷打不动的习惯。因为她的孩子，就是在某一天的下午两点在那个公园走失的。十多年过去了，一直杳无音信。

她忘记了她的孩子已经丢失，她只知道，她要在那里等待她的孩子奔向她的怀抱。

这是她的习惯，一个疯女人的习惯，爱的习惯。

从小到大，我们发现父亲有敲门的习惯，哪怕钥匙就在自己手里，他也不自己开门。他喜欢看着母亲跑出来给他开门的样子。母亲经常埋怨父亲，自己有钥匙，非得让我跑一趟干吗？父亲不语，只是微笑。

终于，母亲也习惯了，父亲五点下班，骑车到家需要半小时，所以每天下午五点半的时候，总是忍不住去门口，听父亲敲门，然后再去给他开门。

父亲退休了，到了那个点儿，还是能看到母亲不自觉地去开门，而他明明就在屋子里。每每母亲到了门口才醒悟过来，就摇摇头笑了，朝屋里的父亲骂一句："死老头子，明明知道我脑子糊涂了，也不提醒我一下。"父亲依然不语，只是微笑。

闲着没事儿，父亲就出去与人下棋或者打扑克，然后五点半准时回家，敲门，母亲开门，好像一切都是老样子，一切都没老去。

多希望一切都没老去，那样我就不会担心他们走丢了。我只需要记得，他们相濡以沫，让爱成为一种习惯，成为水，成为空气，成为彼此不可分割的心上的肉。

不摇晃的光

去黑暗中采光的人，本身即为光。

清明节的时候，我们去祖父的墓前祭奠。刚刚下过雨，山路泥泞，我们歪歪扭扭的脚印，像祖父吃过的药丸，蜿蜒铺向他的坟前。

祖父是个药篓子，一生吃药无数。他爱惜生命，任何一点疼痛都会引起他的警觉。这没什么不好，只是看着他每次大包小包地带回来的都是中药，我们难免会失望，真希望那一包一包的中药，都能变成给我们的美味糕点。

都说久病成医，祖父也多了些所谓的经验。不过即便成医，恐怕也是个庸医吧。他凭自己的试药效果，给别人出主意，让别人也买了一包一包的中药回去，效果不佳，他便免不了受人一阵埋怨。可是他仍旧喜欢多管闲事，乐此不疲。

祖父是个木匠，小时候经常看见他很认真地打磨着每一根木头，去掉上面的毛刺，就像他大半生以来，用自己的手和脚，一步一步蹚平多舛的命途。他常常给邻里修补桌子和门窗，也会做一些板凳之类的小物件给他们，从不收钱，他说他就这么点手艺，权当是帮点忙了。

祖父活过了八十岁，算是高寿。其实延长他寿命的并非那些奇奇怪怪的中药，而是他的一副热心肠。这副热心肠使他常常保有一份用不完的活力。

祖父是个体面的人，出入一些场合，一身中山装笔挺有型，一点看不出像个"药篓子"，而且总给人一种感觉——他身上有光。这光，可驱疾。

或许是受了祖父的影响，父亲也是这样的人。

父亲年轻时卖过猪肉，过年了，有乡邻买不起肉，可是孩子又嘴馋，就想赊点儿肉包点饺子，他从不犹豫，还往往多给人称一斤，"少了不够，让孩子们好好解解馋"。父亲就这样，让自己在那些灰暗的日子里，发着微弱的光。

女儿米粒儿在白纸上画出了很奇怪的画：一片青草地，一排很小的小房子。我问她画的是什么，她说是坟墓。

为什么要画这么悲伤的事物呢？

"我没觉得悲伤啊！"米粒儿说，"那不是还有一个大大的太阳吗？"

我看到了，在整张白纸的上方，是一轮红彤彤的太阳。有它照着，万物生光，无一点悲伤。

"你再看！"米粒儿神秘地把白纸翻过来，原来，另一面也画着画——绿树红花、风车秋千、蝴蝶云朵、玩耍的孩童……热闹欢快，一派盎然生机。

在孩子的眼中，生与死，两个世界，只是一张纸的距离。

诗人富永杰把矿工的下井、升井比喻为在阴阳两界穿行："在阳间，他不能将自己藏在黑暗中；在阴间，他不能将自己抛在阳光下。"

去黑暗中采光的人，本身即为光。并且我坚信，你收拢了多少光，就能洇开多少黑暗的墨。

我看着向日葵一寸寸地向上攀爬，心疼它仰望的脖颈，却又无法更改它内心的热爱。仰望它的我，又何尝不是另一棵向日葵呢！

库切说，你内心肯定有某种火焰，能把你和其他人区别开来。当山河重新排序，你再向上一个台阶，离落日就又近了一步，你距离那束光的熄灭，还有一支烟的距离。在这段距离里，你可以给渔民点亮一座灯塔，可以给风中的人指示一座温暖的小屋。

一束光熄灭，肯定还会有另一束光亮起。就像晚霞退尽，月亮升腾，如此，生生不息，维系着整个尘世的生活。

月亮是人心里的光在夜空的反射。它不会嫌弃任何一个城镇和村庄，任何一条沟渠，任何一片破瓦，以及上面每一丛鲜亮的苔藓。生活即便穷苦逼仄，也会有一束不肯服输的光，亮着。最小的缝隙里钻出去的光，会像一根针，扎得破尘世最厚的那张脸皮。

所谓活着，就是一束不熄灭的光，就是不绝望。

　　夜里，小孩子拿着手电筒玩耍，我听见有人在喊——"看啊，那幼小的人，拄着一束光。"

　　这是诗歌。在生活里，没有人愿意做小说家，因为他们总喜欢把一条平坦的路走得跌宕起伏。然而更真实的生活，应该是诗歌和小说的融合——漫长、灰暗而曲折的路。不必心生寒凉，心怀善念，就会拄着一束光。路弯曲，脚步却是笔直的。那束光或许不会减轻你的疼痛和劳累，但至少会令你走得稳妥，不摇晃。

芹菜的日常

做人不也如此吗？东一下，西一下，乱打乱撞的，没有一个始终如一的目标，人生最终是出不了什么成绩的。

临下班的时候，老婆打来电话，嘱咐我路过菜市场的时候买一把芹菜，晚上要包芹菜馅饺子。芹菜很嫩，掐一下有汁液涌出。我开心地付钱，不忘夸了一下小贩的菜，小贩被夸得很是受用，在围裙上抹抹手，挠了挠头，冲我龇牙一乐，把零头给抹掉，皆大欢喜。

老婆把芹菜拿到水龙头下冲洗，然后整齐地码到案板上，切碎，剁馅。屋子里弥漫着芹菜特有的清香。

老婆问："今天单位有啥新鲜事吗？"

我说："有啊，老王又说了几句好玩的话，要不要听听？"

"听听嘛！"

"中午在活动室打台球，老王没了往日威风，连续输给我们好几个人，他就扔出一句'二尺钩挠痒痒——是把硬手'。"

"晚上一起坐通勤车回家，聊起来某某住着大别墅，知足常乐、无欲无求的佛系老王又扔出一句'瞎子掉井——在哪儿还不背风。'"

……

老婆笑得欢快，芹菜馅也剁好了，和肉馅混在一起，倒上油，搅拌。老婆说："这个饺子馅要始终顺着一个方向搅拌，拌出来的味道才好。因为顺着一个方向搅拌，馅儿才有凝聚力，才会有咬头儿。就像喝粥一样，你不能为了让粥快点凉，就胡乱搅拌，那样，粥的味道就散了，不好喝了。"

做人不也如此吗？东一下，西一下，乱打乱撞的，没有一个始终如一的目标，人生最终是出不了什么成绩的。

没想到，一个饺子馅也能给人带来一些生活感悟。

诗人臧棣在一首短诗中写到，用芹菜做了一把琴。这首短诗是这样写的：

> 我用芹菜做了
>
> 一把琴，它也许是世界上
>
> 最瘦的琴。看上去同样很新鲜。
>
> 碧绿的琴弦，镇静如
>
> 你遇到了宇宙中最难的事情
>
> 但并不缺少线索。
>
> 弹奏它时，我确信
>
> 你有一双手，不仅我没见过，
>
> 死神也没见过。

用芹菜做一把琴，这是多么奇崛的想象力。但在我看来，这个谐音运用虽然看上去不错，却有牵强之嫌，更多的是骨感的语句，缺了一点烟火气。我真正喜欢的，是平凡琐碎的日常生活。比如，洗芹菜的那双手，一双温柔而勤劳的手；自来水的声音，和泉水一样美妙；锅碗瓢盆的碰撞，有着生活里最真实的触探，满满的踏实感。

《蔡澜食材字典续编》中说，芹菜被佛教徒称为荤菜，与辣椒和韭菜一样，但在一般家庭，芹菜已是一种不可缺少的食材，西芹有些带甜味，更惹人喜欢。中芹的味道，最适合与牛肉相配，清炖牛腱，最后下中芹，美味无比。

无论是旱芹还是水芹，都有很特殊的味道，爱之者尤甚，恶之者亦尤甚。传说从前有一个穷苦人，把自己很喜欢吃的水芹和豆类等蔬食推荐给乡间富豪，富人便弄了点儿来吃。没想到吃后这位富人感到"蜇于口、惨于腹"。穷人的好心换来富人的不满。后来人们便以"芹献""献芹"作为谦称，表示"送上一件不值钱的东西，聊表心意，请不要见笑"。

70后的人对于芹菜应该是再熟悉不过的了，芹菜馅饺子应该是吃得最多的一种。小时候物质生活匮乏，冬天的时候，想吃点儿青菜，怕是只有白菜和芹菜了。它们完美配合，如果再往馅儿里加入一点大辣椒，味道就会更美了。

那时候的芹菜，是我们生命中的营养担当，真不知道，若是缺了它，我们的冬天将会怎样苍白。

母亲总是习惯把芹菜根埋到花盆里。这样，过几天，芹菜就会发芽，长大，嫩绿的叶苗蓬勃向上，劈下几根炒土豆丝，别有一番滋味。

老婆说芹菜叶比茎秆营养更丰富，那么好的叶子，丢了可惜。她把剩下的芹菜叶洗干净，用沸水烫一下，颜色变翠绿便捞出，放一撮盐和糖，滴几滴香油，再撒些芝麻，一盘小菜就做好了。尝一口，清爽甘美！

老婆习惯一边做饭一边教我怎样识别菜的好坏，人过中年，身体各种不舒服让她总是胡思乱想，害怕有一天先我而去，而我的生活能力实在堪忧，她担心我照顾不好自己，所以像个老妈子一样，叮嘱来叮嘱去。

此刻，这个除了母亲之外，我生命中最重要的女人，正在教我怎样识别芹菜的优劣。她让我记住：好的芹菜，叶子翠绿，没有黄斑、碰伤，梗掐脆断，有汁液冒出；好的芹菜，看起来水灵灵地发亮，茎秆平直，内侧稍微向内凹陷。

我说，好的芹菜，必须经过她的手，才能在日子里默默地发亮。没有她的陪伴，再好的芹菜，也做不出一把琴来。

木头的耳朵

这些木头都长了耳朵。它们听得见我们说的每一句话，而且，你说没说谎，它们也听得出来的。

木耳，我愿意叫它"木头的耳朵"。湿淋淋的耳朵趴在湿漉漉的木头上，倾听着这个世界的欢喜悲忧。然后，这些小耳朵被采摘，被拿到市场上去贩卖。

刚买回来的木耳是干的，黑色外面有点灰色，像蒙着一层灰。看上去，它们有的像蝙蝠，有的像一把小刀，有的像伤口上揭下来的疤，千奇百怪。闻上去，有一种白醋的味道。摸起来是硬的，很容易断，上面还有好多皱纹，像老人的脸。把干木耳放入水中，木耳的颜色由灰变黑。它浮在水面上，表面布满了气泡。气泡消失后，它们就沉了下去，越涨越大，慢慢就变成了光滑的耳朵。一口下去，脆脆的，发出"吱"的声音，不容易嚼烂，但好吃。每吃一块，就像肠子被洗了一遍似的，令人舒爽。

肚子里吃进去那么多耳朵，那是不是会听到更多的声音呢？赞美、诅咒或者谗言，我不知道，反正那会儿我听到了来自童年的声音。

　　小时候，我一点男子汉气概都没有，遇到一点点小事就退缩，特别喜欢哭鼻子。我有一个发小，叫侯斌，是唯一的死党。每天我们一起上学一起放学。因为姓氏的缘故，我总管他叫大师兄，他则管我叫二师弟。一个猴一个猪嘛，他胆子大，谁若是欺负我，总会替我出头，还真有个大师兄的样子。虽说自己胆子小，但总懂得投桃报李吧。这不，有一天我们没一起去上学，他迟到了，老师问他迟到的原因，他支支吾吾了半天，说家里老妈病了，他去给买药，结果就迟到了。老师狐疑地问："真的？"为了证实自己所言非虚，他大声说："二师弟可以为我做证。"同学们一阵哄堂大笑。老师自然知道他所说的二师弟就是我，就谐谑地问我："二师弟，大师兄所言是否属实？"

　　作为可以两肋插刀的哥们儿，自然责无旁贷。我学着老师的腔调答道："大师兄所言非虚，如假包换。"

　　"换什么换，给我去墙角站着去！"老师秒变脸，忽然就发了飙！

　　原来，大师兄又馋又贪玩，有户人家的杏树上结了很多杏子，这小子眼馋很久了，看到人家的门上了锁，终于逮到机会，猴子般蹿上树，专挑大的，吃了个够。这还不算，把书包也装了个满满当当。就这样迟到了。碰巧老师骑车路过，瞥见了树上的这只馋猫。

　　老师训斥着大师兄，吃了也就吃了，书包里这些杏子必须给人家还回去，而且要真诚地道歉。大师兄捣蒜般点头，并心虚地看了我一眼。

我真为自己不值，帮他撒谎，被老师罚站了一节课，放学了也没让回家。父亲去学校接我的时候，看到我在那里哭得"梨花带雨"，好不令人厌恶。父亲诚惶诚恐地和老师说了很多好话，并保证回家一定好好管教孩子。一颗心悬了一整天，不知道父亲会如何管教我。意外的是，平时一向严厉的父亲这一次却并没有训斥我，而是让我和他一起去后园收木耳，并没有提学校里的事情。

父亲让我看那些木头上的木耳，他说："看吧，这些木头都长了耳朵。它们听得见我们说的每一句话，而且，你说没说谎，它们也听得出来的。"

"真的吗？"我简直不敢相信。

父亲接着说："你还别不信，它们喜欢听真话，也喜欢看到人的笑脸，所以，你最好别当着它们的面说谎和哭鼻子。"

父亲说他打从祖父那里继承种植木耳这门手艺起，祖父就一直告诉他，不能当着木头的面说谎和哭泣，不然那木头就不会把耳朵支棱出来。

年少的父亲信以为真，年少的我也信以为真。后来慢慢长大，终于知道这是玩笑话，但我却宁愿相信这是真的，因为这听上去真的很美好。父亲是想让我通过木头的耳朵，听到一个男孩子最该具备的品质是诚实和勇敢。所以，我的记忆里总会浮现出那样的画面——父亲神秘地对我说："你对着这根木头笑，过几天那木头就会长出很多耳朵来。不信你试试看！"我竟真的趴在那里，对着那根木头傻乎乎地笑啊笑，笑得眼泪都出来了。然后每一天，我都会去看它，令我感到惊奇的是，那木头上真的有一朵朵的小耳朵冒出来，并且在以后的日子里，一天天肥壮起来。我感觉到世间的美妙，很长一段时间，我都坚信，那就是我的笑声，通过木耳的形状，绽放出来。

念旧的菩萨

旧，像我乡下的亲戚，不常走动，可是它在那里，镀着岁月的银光。

我是一个怀旧的人。许多旧物都不舍得扔，以至于搬家的时候，光是那些旧物，就浪费了不少人力。比如满满几大箱的旧书，我无比珍视，按理说，那些书都看过好多遍了，留着似也无用。可我总是迷恋那上面的味道，有些发黄的书页，被旧时光的风吹着，书里面夹着的一片叶子，或者一张小纸条，都向我传递着某些日子里的小情节。

旧，像我乡下的亲戚，不常走动，可是它在那里，镀着岁月的银光。

万物速朽，唯有往事最为保鲜。在往事里，可以让大红的灯笼经久不息地挂着；可以让一扇窗子永远向北敞开；可以不受打扰地，埋头数你的星星，忘却白日的喧嚣。

我们总是习惯怀念过去的日子，无论当时是否欢喜！比方我在敬老院见到的一位老者，已经八十多岁了，平日里形容枯槁，回忆起过往来却是精神抖擞。说起记忆中那些极其艰辛的事，总是表现出很自豪的样子，俨然英雄一般。

我想起大哥来。五十多岁了，放着上百只羊，日子乏善可陈，唯有靠着记忆里的那点光鲜来装点门面。每次喝酒，他都必然要去回忆里捞几段往事做下酒菜的。几乎每次必提的一件事是——年轻的时候，他好勇斗狠，喜欢打抱不平。有一次二哥放学的时候被人欺负，回家哭了鼻子，大哥二话没说，跑去学校边蹲守，以一敌十，把欺负二哥的小混混儿们暴揍一顿。

而父亲的记忆更多的是他的车床，他在车床前一站就是半辈子，一天和一年没什么两样，一年和十年也并无区别。有时候我问他："这一生有啥值得回忆的？"父亲咂了一口酒，仔细想了想说："你妈生你那天，我在厂里戴了大红花，你说巧不巧！"

比起父亲的黑白照片，母亲的记忆还算斑斓了些。少女的芳心涌动、初为人母的喜极而泣，都是母亲津津乐道的往事。都说忆苦思甜，母亲很少念起过往的苦楚，以及伤害，她记得更牢的，总是那些美好的事，比如儿女们的一颦一笑，苦中作乐的点点滴滴……而苦，已然被她庞大的内心消化殆尽。

以前总是喜欢收集各种东西，车票、电影票、门票，还有很多承载太多回忆的小物件。往事只是旧了，并没有丢失。现在，喜欢在某个下午的阳光里，盘腿坐在地上，翻看从前的照片。一张张照片，一件件回忆，五年、十年、二十年……时光呼啸着倒退，且悲且喜。

我见过因为手机内存不足，把和前男友的聊天记录打印成册，然后每天晚上哭着看了一遍又一遍的傻姑娘。她大概是那种太过用力爱一个人而忘了爱其他人，甚至爱自己的人吧。其实我们都知道的，有些人是等不回来的，有些感情也不会因为你念旧就重来的。往事本该如烟，而这女孩频繁地念旧，一如流民怀揣细软，慌不择路地在午夜狂奔。

有个唯美的句子说，念旧的人就像一个拾荒者，不动声色，却满心澎湃。

亲爱的姑娘，你在旧事的汪洋里游，冒着溺水的危险。等某一天，你不再对着那些过往哭泣，你就上了岸。你不是鱼，你早该到岸上来。念旧，而非沉溺于旧。

旧，可以灰着脸，可以神情暗淡，可以卷起毛边，但它的脊梁始终都在。就像此刻我手中的笔，它陪伴了我几十年，有了电脑之后，它被长久地搁置。它是老旧的，可是它的风骨犹在，我与它的爱恋，历久弥新。

眼前的这些字，就是用这支笔写下来的。用惯了键盘敲字，重新拿起笔，它是轻盈的。我不知道用很久以前的笔写下的字，是不是也会有了旧时光的味道，那自是令我欣喜的。

其实，念旧的人更像菩萨，一如我的母亲，庞大的内心里住着慈悲，今朝和往昔，一切安好和磨难，总能平和相处，融于一体。菩萨用她的胸怀，磨砺着岁月的珍珠，心中有爱，世间万物皆有光亮。

一封旧信的折痕

信封很薄，但它，总是会把日子垫厚几分。

一封旧信，辗转于时光。如果它有脚，它应该像小鹿的蹄子，踏着月光与花香；如果它有翅膀，它应该如蝴蝶的翅膀，携着露珠，飞过草丛。这可能是一个男子写给心仪的女子的信，或者是女子写给爱慕的男子的信，它可以满足我对美好事物的所有想象。

信的内容已无关痛痒。泛黄的信纸，有了毛边的纸端，以及那略有讲究的折痕，无一不在剧透着那段旧时光里的情事。

我认为，通信是爱情里必不可少的浪漫。当你读着那些面对面无法说出的话时，会一下子把信反过来扣到桌面上，双手紧紧捂着，生怕别人看到了你的秘密，而我更担心的是你滚烫的红晕，将它们点燃。

一封信里可以读出山河，读出琴音，读出酒酿，所以，在一些怀旧的电影里，你总会看到这样的镜头—— 一个女子在窗前，把一封信贴在胸口，闭紧双眸，头微微地后仰，酒窝里泛着陶醉的光芒……此刻的女子遍览山河，心里泛起涟漪，如饮琼浆，与其说她被男人征服，不如说被一封信征服。

写信，等信，收信，是一个美好的循环，在这个循环里，慢慢延伸出爱情的轨迹。

有信至，捎来万颗红豆，菩提的叶托着。信封很薄，但它，总是会把日子垫厚几分。

可是这么美好的信，我们却烧掉了很多。年轻是一头冲动的小兽，它时而暴怒，如乌云里的闪电，它时而安静，如一座废弃的庄园。一些误会、一句伤人的话，便会累及这些无辜的信。多年以后，我们在谈起那些被烧掉的信，总是忍不住心疼。

那是我们最初的信，信里有诗、啤酒和烟灰缸，我们以哥们儿相称，大千世界无所不聊，知晓你是个女孩之后，我们的信才有了香气。可是我们烧掉了它们，香气亦变成焦味。有人说，青春经得起折腾，分分合合也无伤大雅。可我总觉得，烧掉的那些信，还是在我心上烫了个洞。

达明一派有一首歌《那个下午我在旧居烧信》，很有诗意的名字，可为什么偏偏是下午呢？有人解释说：早上烧，像清洁工；中午烧，像做错事的文员；晚上烧，像毁灭证据的犯罪分子。只有午觉醒来烧，刚好和最伤感的时段应景。

有人则对"烧信"有这样诗意的描写——

"我在旧居烧信。烧掉第一封，那是十三岁的道歉。烧掉第二封，十五岁夏天的告白。烧掉第三封，十八岁的所有。如果可以，我也想把过去的某些东西毁尸灭迹。我在这里可以一口气写下长长的单子，甚至恶狠狠地说：'哦，那一整年都忘掉最好。'

但下一分钟，恐怕又要伸出手一条条划去。我想要忘了那一次的出丑，但要记得之后你给的安慰，可是忘了前面的难过，我如何再去体会你带来的温暖和快乐呢？记忆是如此麻烦缠人的东西，蜷缩在心上连我也无从控制的角落，依附在身边无数细节里。唯一能做的不过是接受和喜爱自己，从久远开始，并一直下去。"

看，烧掉的又何止是信呢？那是一段一段的回忆。烧掉之后呢，又是一封接一封地写，就像那即将织好的围巾，拆了，又织，织了，又拆。青春啊，就像一部动人心魄的小说，一波三折的，让我们欲罢不能。

你任性地烧掉那些你写给我的信。可是，你知道吗？你烧掉的信，正以另一种方式，飘散在风里，由风念给我听。由此，我有理由认定，你烧掉的信，正以另外的方式卷土重来。

比起被烧掉的信，我更在意那些信的折痕。那时候，要把写好的情书折成各种形状，以寄寓不同的心境。其实，折出多少形状，最终也只有一个心的形状。情书为什么要折叠呢？因为要折起来所有的缱绻，暖意。

折叠，这是一个多么好的意境啊，一封信的折叠，像不像一种拥抱呢？一张纸的上半部分，拥抱着下半部分；一封信的开头，拥抱着结尾；一些美妙的词，拥抱着另一些美妙的词；一种香味，拥抱着另一种香味；相思拥抱着相思；眼泪拥抱着眼泪；叹息拥抱着叹息；爱拥抱着爱。无所不包的信啊，又如此单一，因为那"折痕里，只有你的马车缓缓经过"。

以苦酿甜

我相信尘世的美好总会与你亲近，就如同相信，雪会落肩头，鸟会停落枝头，月亮会洗亮你的眼眸。

一年里，去不同的地方讲座，顺便欣赏美景，品尝美食，常常引起朋友们的艳羡。然而，和这些风光比起来，我更想念风光背后的往事。

刚结婚的时候，穷困潦倒，不得已进了点儿便宜货，赶集去卖。大冬天，天刚刚亮，就奔着集市而去。那天，下了薄薄的雪，我扛着一袋子日常用品，走在雪铺就的路上，心生悲戚。本以为自己会是第一个赶往集市的人，却看到在我之前，早已印了其他人的脚印。我很苦很累，但有人比我更苦更累。我们吭哧吭哧，活在这浩渺的人间。

经了大苦，小苦便甘之若饴；历过大累，小累便轻如鸿毛。

妻子回忆我们曾经的苦日子，她写道——

"二十年前，我是个奔波在烟火里的小女人，我买了一百块钱的稿纸、邮票和信封给爱人，认真记下路过的风景、人和事，也没有忘记回家的路上打一斤油，买一斤盐。

"租来的房子漏风，我用很多破布堵着，依然无法阻止每天床尾那面墙从上到下爬满亮晶晶的霜，窗外别人家的一点灯光射过来，它们就闪呀闪的。

"每天怕冻着孩子，只能一直搂在怀里不能撒手。

"一个人上山砍柴的他又迷路了，我把睡着的孩子用绳子拴在一个老式板凳上，然后一个人摸黑上山寻他。二十多年过去了，我还记得那天晚上的风雪是多大，也记得我一个人在那个枪毙人的法场，是怎么声嘶力竭地喊着他的名字奔跑的，也记得那条山路上所有的雪，石头和林子在那样的夜晚是多么让人恐慌。

"我也记得自己去商量着种了别人家撂荒的土地时的样子，更没有忘自己挺着很大的肚子上山挖野菜时是如何摔过跟头的。

"最难过的是每次坐火车回家都是逃票，为了赶那班可以逃票的火车，我们在夜里起来，抱着孩子一路狂奔几里路，因为害怕晚了上不去车，进不去站，会顶着星星早早去躲进站台的旮旯里，像两只惶惶不安的老鼠……"

如今，两只惶惶不安的老鼠安逸了许多，三天两头赚个千八百块的稿费已变得寻常。我生日那天，得一笔丰厚的稿酬，心情大好，交与妻子，让她随意挥霍。时不我待，她担心我下一秒反悔，从步行街的这头到步行街的那头，那些花一样的霓裳，令她流连。三千元一扫而空。大包小包落满肩，只需短短小半天！看什么都没给我买，她心生歉意，她说："要不，给你烤十块钱的生蚝？"我说："不行！怎么也得二十块钱的。"

　　好，我也挥霍一把，二十块钱烤生蚝，算是自己的生日盛宴了。我吃得津津有味，忘乎所以，第二天，脚丫子疼得不敢着地，生蚝把我的痛风引了出来。

　　不过这疼，和曾经的那些苦比起来，简直就是小巫见大巫。窘迫的时候，可没那么超脱，气急败坏地只想说："老天爷，你就不能可怜可怜我吗？"

　　再苦的日子，也能酿出甜来：牙牙学语的女儿开口叫了我第一声爸爸；饥寒交迫的时候意外收到了一笔稿费；哥哥在稻田里摸到了七条泥鳅两只蛤蟆，给我们做了一顿鱼酱。雾霭重重的命途里忽然照进来一缕光亮，让我相信尘世的美好总会与你亲近，就如同相信，雪会落肩头，鸟会停落枝头，月亮会洗亮你的眼眸。

　　诗人金铃子说过，这么多不幸中，我还有我。我还有我，这多么值得欣慰。只要我还在，再多的不幸，我都可以把它们转换成幸福。

　　血糖高的人适合吃苦一点的东西，妻子便总是想尽办法给我弄些苦味，早上做了苦瓜煎蛋，苦瓜和蛋纠缠在一起，让你无法把苦味挑出去，不小心就吃了一片，皱着眉头咽下去。竟也没有想象中的那么苦，并且，沥去了那些苦之后，有一股清香在口腔里回旋。

　　人生何不如此，任何苦楚，只要你敢于咽下第一口，那苦也便不苦了。

就如同此刻，我抱着一根苦瓜，如同奉着菩萨。我无比虔诚，喃喃念出心底的佛语——甜即是苦，苦即是甜。

生活的勇者，便是不停地在苦的心里，长出崭新的莲子。

与其对着苦皱眉，不如将它揉碎，掺进烈酒，三杯不醉。

在那些美好的事物面前

有时候，面对着美好的事物，大部分人欢欣鼓舞，但也有一部分人满怀忧伤。这倒并非坏事，因为那份悲伤里有着对美好事物的珍惜，担心它们流逝得太快。

有一次，预报说晚上会看到最大、最圆的"超级月亮"，可是很不巧，这里却阴天了，我和小米粒儿等了半天也没等到月亮出现。小米粒儿困了，要去睡觉，她对我说，如果月亮出来了，一定要喊她来看。我答应了她。

后半夜，月亮真的出来了，又大又圆的月亮，看上去真的比平时胖了一圈。这么美的月亮，我想让孩子看一下。便去睡熟的小米粒儿耳边轻轻唤她，她睡眼惺忪，不耐烦地起来。妻子埋怨我不该把孩子弄醒，我却认为，孩子少几分钟睡眠无妨，让孩子内心注入几缕月光才是最重要的事情呢！

我想起儿时，母亲就是这般领着我，在月亮下漫步。月光就这样慢慢尾随着我的影子，渐渐步入我的内心。

从此，小米粒儿总是很痴迷月亮，常常会望着它发呆。我一直在想，这月光到底对她小小的心灵产生了什么样的影响呢？直到有一天，为了进入写作状态，我听着一首很忧伤的曲子，面色凝重。不知道她什么时候就轻轻地走到我的身边，对我说："爸爸，别担心，有我呢！"

或许她以为我受了什么委屈吧！那一刻，我便知道了，她深情凝望的月亮，已经深深植入了她的心灵。

前几日，朋友意外收到一盒阿尔卑斯奶糖，不清楚是谁送的。当时，他正在与一个强劲的对手竞争处长的位置，担心是对方故意设下的圈套。他小心翼翼地把它送给了我，并把这种担心说给我听，我取出一颗奶糖放到嘴里，一股甜甜的风吹进身体的每一个角落！在这么美好的事物面前，他那些猜疑是多余的。

有这样一个关于器官移植的公益广告感动了我：屏幕上，一个失去母亲的周岁大的孩子哇哇大哭，爷爷、奶奶、姑姑等一大屋子人轮流哄抱，孩子依然哭个不停。最后传到一个中年男子手里，孩子骤然停止哭声，贴近男人很快就酣甜地睡了，原来男人的心脏是孩子妈妈移植给他的。

孩子和母亲的心是连着的，只要那心跳还在，母亲就还在。

人的生命都有止境，可是那个终点，也可以是另一个生命的起点。

我又哀伤了，总是这样没有来头的，看一部好看的片子，听一首耐听的曲子，然后，无休止地落泪。

原谅我，在美好的事物面前，我无法欢快，我更多的是疼痛，那种来自心灵深处的幸福的疼痛，你是否懂得？

世人都知隋炀帝的穷兵黩武，劳民伤财，荒淫无度，可我仍在历史中窥到一丝浪漫。他修了一条运河，好几千公里，修了好多年，传说就是为了去看美丽的琼花。这难道不是天生的诗人吗？

商略有一首诗，写道：

> 一群白鹭飞过
> 门前的半个山都晴了
> 最好的生活，是我们可以不看到人
> 只看到白鹭

这是多纯净的美啊！

有时候，面对着美好的事物，大部分人欢欣鼓舞，但也有一部分人满怀忧伤。这倒并非坏事，因为那份悲伤里有着对美好事物的珍惜，担心着它们流逝得太快。

如今，还有哪些美好的事物，可以让忧伤的"书生们泪流不止，一口气写光世上的纸"？

善良做芯，爱心当罩

左邻右舍高高挂起的灯笼，那些被赋予了灵魂的灯笼，仿佛格外惦记着制造它们的人，争着要把光亮照过来似的，把我家的院子照得透亮。

父亲做灯笼的手艺远近闻名，但父亲从不以此为业，靠它来赚钱。许多人为父亲遗憾，嫌他浪费了这门手艺。父亲却总是憨厚地笑着说："当玩了，闲着也是闲着。"

逢年过节，很多人家都来求父亲做灯笼。自然不会白求，家境殷实些的，会给些闲钱。所以在童年时，我们过年总会吃到很多好吃的，也有新衣服穿，放的鞭炮也多，和别人家的孩子比，我们要算是幸福的了。家境贫寒的，会拿些粮食来求灯笼，他们宁可从嘴里省出来几升粮食，也要做个大红灯笼，图个喜气。在他们心中，灯笼是一种寄托，是好日子的火种。父亲一视同仁，一律应允，害得自己整个腊月都闲不下来，忙得昏天黑地。但望着一家家大红灯笼高高挂，父亲就会一边抽着烟袋，一边很满足地笑，把眼睛眯成了一条连"小咬儿"都钻不进去的缝。

父亲的灯笼完全是用竹子制成，而且用以编织的竹篾十分精细。这种呈椭圆形的灯笼被称为长命灯，也叫火葫芦或火蛋灯。

灯笼通体由竹子制成，故有富贵驱邪之说。竹子四季常青，在民间寓意长命富贵。依我们这里的民俗，逢年节点亮竹制灯笼不仅增加年气，还可保一辈子不受穷。另有虔诚的人说，如果哪家媳妇婚后没有身孕，娘家妈便会在除夕夜偷偷将灯笼点亮悬挂在女儿寝房外，来年肯定能抱上孙子。还有的人说，点上灯笼，可以使家里人都健健康康的，没病没灾。各种各样的说法，不一而足，但中心只有一个，都是些善良而美好的愿望。

点灯笼还有讲究，正月过完，一般要将灯笼烧掉。迷信的老人说把灯笼留到来年会对子孙不利，不过父亲不舍得将它烧掉，正月后，将灯笼芯掏空，再用布将两端缝合，就给了我当蝈蝈笼子。

做灯笼是个细致活儿，需经过片竹、削竹、编织、定型、上纸、写字、上油等烦琐的过程，每个过程都需要严谨的操作。只有在灯笼腰身糊裱上一圈红色皱纹纸的时候，灯笼才有了灵魂，细密的纹路衬上红色，一份喜气便骤然附到灯笼身上，挥之不去。

父亲认真对待每一个灯笼，从不糊弄别人，一丝不苟地编制着手中的灯笼。他虔诚地认为，每个灯笼都是有灵魂的，只有认认真真地编制，每尺每寸都一丝不苟地完成，让每根竹条都规规矩矩，恰到好处地排好队，站好岗，灵魂才能在灯笼的身体里待得安稳。那些灯笼做好后，父亲的手上便落满疮疤，那都是让锋利的竹条划伤的。

邻居拴柱来求灯笼，拿来了半袋米。他挠着头，不好意思地对父亲说，因为领阿爸去治病，过年才回来，没赶上定做灯笼。只想来碰碰运气，看父亲有没有多做出一个来。我们知道，拴柱家境贫寒，而且家里的老人病了很久，花了很多钱医治，吃了很多的药也不见效。

"我只想把灯笼高高地挂起来，没准那样阿爸的病很快就会好了。"拴柱充满期待地说，仿佛这灯笼真成了救命良方。

父亲刚开始犹豫了一下，但听到拴柱这样说，便斩钉截铁地说道："有，正好多一个。"父亲从里屋拿出了一个又红又大的灯笼递给拴柱，"把这个拿回家挂上吧，希望它能灵验，让你阿爸的病早日好起来。"拴柱一个劲儿地道谢。父亲还撵出家门，硬是把那半袋米原封不动地塞给了拴柱。父亲心软，看不得别人的苦。"你们家条件不好，这个就拿回去吧，这可是你们过年要吃的白米饭啊。那个灯笼算我送给你们的。"

拴柱被父亲感动了，堂堂一个五尺汉子，在父亲面前直抹眼泪。

那是所有灯笼中做得最好的灯笼，那是我们留着自己挂的灯笼。可是父亲却将它白白送人了。我在心里和父亲赌气，嫌他把自己家的灯笼送给了别人。父亲却说，如果拴柱那个虔诚的愿望可以成真，那么我选这个最好的给他，自然就会更灵验一些。

那一年，我们家虽然没有挂起灯笼，但左邻右舍高高挂起的灯笼，那些被赋予了灵魂的灯笼，仿佛格外惦记着制造它们的人，争着要把光亮照过来似的，把我家的院子照得透亮。人们不约而同地仰起了头，看着那光闪闪的被赋予了生命的喜气的家伙，用对生活最大的热爱将一年的快乐都表现在灯笼上，仿佛看到了光灿灿的丰收的年景，看到了衣食无忧的将来，看到了一个个即将成真的美好愿望……父亲微微有些喝醉，看着那些在风中飘荡的红红的灯笼，不无骄傲地说："总算没有瞎了这身手艺。"

现在我才懂得，父亲在编制那些灯笼的时候，把自己也做成了一盏灯笼，用善良做芯，用爱心当罩。这盏灯笼高挂在我的心里，一生都不会熄灭。

童话秋千

童话是开在人间最美丽的花，爱是它永不凋残的蕊。

那是一个停电的夜晚，整个城市陷入深深的黑暗之中。妻子早早就把蜡烛吹灭了。女儿依偎在她母亲的怀里，缠着她讲故事。微微的风在窗棂上荡漾，一只萤火虫在风的秋千上荡漾，她在妈妈的故事里荡漾。

"为什么萤火虫会发光呢？"女儿幽幽地问。

"因为那样它就不会迷路了。"妻子幽幽地回答。

妻子对女儿说："刚出生的萤火虫是没有亮光的，可是它总是找不到回家的路。于是萤火虫妈妈就把自己心中的火苗拔出来一些，为孩子做了一盏小灯笼。这样，萤火虫再不会迷路了，总能找到回家的路。"

"萤火虫妈妈拔掉心中的火苗会不会很疼呢？"

"是的，很疼，而且那样她会更快地老下去。但是为了她的孩子，她甘心情愿那样去做。"

女儿那么认真地听着，忽然心疼起她的妈妈来："妈妈，等我上学了，我自己会找到家，我不用你为我做小灯笼，我不做迷路的小萤火虫。"

我很赞赏妻子的教育方式，她通过一个个故事，给孩子幼小的心灵灌输了很多真善美的东西，让孩子在童话的秋千上荡漾。

当看到那个高耸入云的大烟囱里冒出的滚滚黑烟时，女儿说："看，老巫婆又开始去做坏事了，她骑着扫把满天飞呢！"

那是我听到的关于污染最新颖的比喻。

女儿画了一幅画，画面上就是这个浓烟滚滚的大烟囱，一个老巫婆披头散发，骑着扫把周游世界，到处散播流言蜚语，到处投放诅咒的毒蛇。

女儿的画很有意思，那个老巫婆虽然满世界乱飞，但她的根始终在烟囱里。几个小朋友正拿着铁锹，不停地在那个烟囱底下挖着。女儿说："等我们把烟囱挖倒了，老巫婆就死了。"

有一次，我抱着发烧的女儿来到一个卫生所。刚开始的时候，女儿使劲哭闹，死活不肯打针。

那个漂亮的年轻护士就对女儿说："你知道感冒是怎么回事吗？"女儿摇了摇头。

"你现在的身体里啊，有几个小妖怪在兴风作浪，它们是趁你睡觉不盖被子的时候偷偷闯进去的。现在，它们在里面做坏事呢，得意得很，你想不想把它们消灭掉呢？"

女儿擦了擦眼泪，将信将疑地点了点头。

"那好，你说我们派谁去捉妖怪呢？"

"派齐天大圣孙悟空！"女儿渐渐兴奋起来。

"好，可是他要进你的身体里去才能把妖怪抓住啊，我们把他变成药水，装进这个针管里，让他顺着你的血管进去抓妖怪好不好？"

"好。"孩子点了点头，没有半点含糊。

"那你怕不怕疼？"

"不怕！"

说话的当口，针就已经不知不觉地打完了。不得不佩服那个漂亮的小护士，竟然连感冒都能被她编成这么好听的童话。这以后，女儿有个头疼脑热需要打针的时候，我总是带她来这个卫生所，因为女儿说这个漂亮的阿姨打针一点都不疼。

女儿上幼儿园的时候，我和妻子便决定让她一个人睡。起初，她很害怕，我们便给她讲很多关于夜晚的故事。我告诉她，夜晚的世界宛如另一个井井有条的社会，由一个叫夜游神的掌管大权。他手下有很多精灵，各自都有自己的工作，为迎接清晨的到来忙碌奔波。为什么早晨起床睡眼惺忪时发现头发总是乱糟糟的？因为有三个"梳头精灵"在为你设计发型，她们甚至会激烈地讨论谁的点子更加新奇。为什么总是找不到袜子？是因为有"拣袜精灵"将它们悄悄地收走。窗户砰砰作响、暖气里发出嘭嘭的声音，吓得你不敢入睡？那是精灵们的交响音乐会正如火如荼地进行着。"读梦精灵"在你耳边诵读梦境，"尿床精灵"念着咒语令第二天的城市中充斥着大人们的呵斥声和挂起的"地图"。还有窗上的雾气、枝杈上的露珠、掉落的树叶……也都有对应的精灵。此外，街道上星罗棋布的路灯中也都住着"灯花精灵"……

"那为什么有时候睡不着觉？"女儿睁着好奇的大眼睛问道，俨然对我的童话充满了强烈的兴趣。"那是因为每一只猫都管理着一个小朋友的睡眠。而照顾你的那只猫太懒了，自己先去睡了。"

从此以后，女儿再也不害怕黑夜了，她固执地认为，那深深的夜里有很多很多的玩伴，在和她玩着捉迷藏的游戏。

圣诞节的时候，我在客厅里弄了一棵很大的圣诞树。

"爸爸，圣诞树好漂亮啊！"女儿把屋里的灯全关了，虔诚地蹲在圣诞树前。彩灯一闪一闪地发出美丽的光芒，照得屋子里暖洋洋的，也照出女儿一脸的幸福！

"爸爸，圣诞老人会给我送什么礼物呢？"

"圣诞老人会给你最想要的礼物，让我猜猜你最想要什么礼物吧？一定是那种会变换颜色的一串一串的小彩灯吧？"

女儿点了点头，说道："嗯。我想给奶奶的屋子里都挂满那种小彩灯，我要和奶奶天天过圣诞节。"

没想到女儿天天嚷嚷着要彩灯，竟然是为了给她奶奶装饰房间，这是我始料未及的。

"爸爸相信圣诞老人一定会帮你实现这个愿望的！"

"爸爸，圣诞老人怎么来呢？"

"圣诞老人骑着飞鹿，会从窗子飞进来，把礼物送给你的。"

"可咱家的窗子有栏杆呀？"

"圣诞老人是个充满智慧的人，他有神奇的力量，想到哪儿就能到哪儿，什么都无法拦阻他，你放心吧！"

女儿这才乖乖地睡了，她说要早点睡着，好让圣诞老人送礼物来。

"圣诞老人"连忙跳下床，从衣橱里拿出早已准备好的礼物，放到了她的床头。

女儿第二天起床后，自然是惊喜万分，一遍遍地问我："真是圣诞老人来了吗？"我自然是不停地点着头，谁都不愿破坏孩子心中的童话。童话是开在人间最美丽的花，爱是它永不凋残的蕊。

当我和妻子对女儿讲童话时，我细心地观察到孩子的表情在随着故事情节发生变化。她是那么认真，那么易于被感染。她的心灵在此时是可以按照父母的意愿塑造的。有心的父母如果按一定的计划，培养孩子对童话的兴趣，那么孩子就会跟着父母的思路一步步地成长起来。这种近距离的沟通会使父母与孩子之间亲密许多。通过观察孩子的表情，父母可以了解孩子在想什么。这是一种乐趣，也是一种关怀，一种教育手段。为孩子编织一些童话，其实就是在为孩子设置成长的路径，让孩子顺着那些美好的指引，走向一个个快乐、健康的城堡。

幸福的孩子，在童话的秋千上荡漾，那里是善良、智慧和勇敢的始发地。

大海也有藏不住的悲伤

我怕，许多年后的某一天，我躲在相框里，听着她一遍遍地唤我，我却再也不能给予回应。

女儿喜欢和我捉迷藏，我也就尽力配合她，先把童心藏好，再把天真找到。

女儿喜欢躲在暗处，比如窗帘后面，比如衣柜里，不出声，等爱的人发现。轮到我了，我有一百种躲藏的方法和途径，她却只有一个寻找的方法——"我若叫你，你必须回答。"

所以，不论藏得多么隐蔽，她都会轻而易举地找到我，因为她喊"爸爸"，我就得应答"在"。

我怕，许多年后的某一天，我躲在相框里，听着她一遍遍地唤我，我却再也不能给予回应。所以，趁着我还在，我要回应她的每一次呼唤。

王伯是我们小区里公认的乐天派。抽了一辈子劣质香烟的他不怕别人笑话他满口黄牙，总是咧开嘴大笑，芝麻大的小笑话也能让他乐得差点儿背过气去。

抽烟是王伯表达快乐或者悲伤的唯一方式，所有人看到的，都是他满口黄牙的笑，却不知道，他把阴影都藏进了肺里。

医生说，吸烟是他患肺癌的因素之一，但更主要的，是郁结的心情不能排遣，那颗心藏了太多的东西。

临死的时候，疼痛如蚂蚁啃蚀，但王伯没有喊叫，死死地攥着床单，嘴唇都咬出了血。他只想让陪护他的孩子们好好睡一觉，他不想惊动他们。

王伯的孩子们说，父亲死得很安详，没有遭罪，挺好的。

他们看到的只是表面，他们的父亲啊，把生活里所有的阴影和疼痛，都藏进了肺里，又怎么可能不遭罪呢！

这让我想起我的父亲，小的时候，他爬上一棵树给我摘苹果吃，自己却像一根成熟的香蕉一样，沉甸甸地落下来，从此落下了伴随他一生的病痛。他忍着疼，甚至嘴角的抖动都刻意隐藏，只是额头上沁着一层汗水。看着我捧着大大的苹果啃起来，他发出爽朗的笑声。

这就是我们的父亲，常常是藏住了泪水，藏不住欢笑。

长大后，我领着未婚妻回去见父母。父亲兴奋地去后山的果树下，挖出一坛埋了数十年的老酒。母亲都不知道他啥时候藏的，抱怨道："你这老家伙，藏得可真够隐秘啊！还有啥事我不知道的？"父亲憨憨地笑着，一副得意的表情："你不知道的可多着呢！"父亲与我们说着村子里的事情，一桩桩一件件，就是不提自己的老病根，一到下雨阴天就疼痛难忍。父亲把自己的疼痛藏得很深，就像那坛老酒。

　　我知道，父亲藏起伤口，却藏不住伤痛。伤痛张牙舞爪地霸占着他的一个个夜晚和白天，把他的日子撕扯得凌乱不堪。

　　高中时一个同学沉迷网络，时常半夜翻墙出校上网。一日他照例翻墙，翻到一半就拔足狂奔而归，面色古怪，问之不语。从此认真读书，不再上网，学校盛传他见鬼了。后来他考上名校，我们问到这事，他沉默良久说，那天父亲来送生活费，舍不得住旅馆，在墙下坐了一夜。

　　父亲没有故意和他捉迷藏，他却无意间找到了他。他应该感谢这一次"捉迷藏"，让他不仅仅找到了父亲，还找到了光。

　　天下的父亲大抵如此，总是喜欢把天大的事自己独扛，他们固执地认为自己的心如同海洋，可以藏得住一切伤痛。殊不知，海洋也有泄露痛苦的时候，比如海啸时，那滔天的巨浪就是它再也藏不住的悲伤。

　　父亲让我学会了隐忍。一些苦难，让我彻夜难眠；一些思念，让我独自流泪到天明。但是白天，我要隐藏好这一切。我隐藏起来的这一切，老了，就是我的陈年老窖，也是我味道最好的下酒小菜。

　　我隐藏起来的这一切，其实，要想找到，方法也只有一个——你若唤我，我必应答。

　　这是怎么藏也藏不住的爱，就如同大海也有它藏不住的悲伤。

请给我五分钟

我们的一生都可能暗淡无光，但总会有无比精彩的瞬间留待我们去回味。

记得那是去年的情人节，和女友一起坐车回家。劳累而烦躁的俗事让我们疲惫不堪。颠簸的客车卷起大片大片的灰尘，整个车里的人，大概没有谁还记得情人节了。

我的眼睛是唯一亮着的灯，我的心灵春光无限。尽管车窗外面灰尘滚滚，我却依然努力寻找风景。

女友轻轻拥着我的手臂，微闭双眸。透过窗子，我发现，在不远的小山上，在灿烂的阳光下，迎春花开得异常烂漫。

我轻轻唤醒身边的女友，对她说："看，春天来得真早。"

"请给我五分钟时间，只要五分钟。"我走到司机身旁，请求道。担心他不同意，我答应他愿意拿十元钱来交换这五分钟。

大概是金钱的作用吧，司机答应了我的请求。

我迅速跳下车，朝那盛开着迎春花的小山坡跑去。五分钟之后，我气喘吁吁地回来了，手里捧着一束灿烂的迎春花，仿佛整个春天都已经被我握在了手里一样。

我把这束花献给了女友。女友被这突如其来的幸福烧红了脸。

不知从什么时候开始的，车厢内响起了一片热烈而又持久的掌声。那掌声，好像在人们心底囚禁了许久许久，终于得到了释放一样。

所有的眼睛重新点亮，无数的心灵都普照着春光。

当我掏出十元钱要给那位司机时，司机拒绝了，他说："给我一束小花吧，我要送给我的妻子。"

我和女友将手中的花一枝一枝地分给车上的每一个人，然后由这些人送给他们的爱人、母亲、儿女……

在这个纷纷扰扰的时代，不要一味地去行走，必要的时候，让心灵停留，哪怕只有五分钟。这个时候，你会发现很多美的风景，会发现很多爱的故事。

一味地忙碌，让我们遗忘了很多美好的东西。

我们的一生都可能暗淡无光，但总会有无比精彩的瞬间留待我们去回味。

就像海伦·凯勒，要用整整一生来换取拥有视力的三天；像纳兰容若，他要放弃一生的荣华富贵，去换取与知心人的倾谈。

请给我五分钟，让我把爱的曲子弹完，让我把善全部撒给世界，让我再去为这个世界弥补一两个遗憾。

我向索要我生命的死神请求，请给我五分钟，让我再撒一些爱的花瓣，再还一些前世今生的债。

你无法路过
人间所有的疼

小时候，母亲常常对我说，一个人，

有了牵挂，就有了根，就不会走丢了。

当时有些不大明白，现在终于体会到了。

牵挂是母亲心里最亮的一盏灯笼。

心有牵挂，就永远不会走丢。

你无法路过人间所有的疼

她说的这些话，仿佛在安慰自己，又仿佛在安慰人间。

诗人路也说："'亲爱的'这三个字，像三块烤红薯。"一块红薯，一个人吃，比不上掰开来，两个人一起吃香甜。那是我们婚后的第一个除夕之夜，烟花最绚烂的时刻，其他人家围坐在一起吃着丰盛的年夜饭，我们却只有一块烤地瓜。

第二个除夕，我们有十八元，买了一张红纸，我们自己写对联，再贫寒也需要一点喜气。买了一些超市打折的菜，够我们吃好多天。泡菜里的几块豆卷是我的最爱，要当作年夜饭的主打菜；一瓶留了好长时间的酒，把我们从寒冷的现实带向美好的幻境，酒可真是好东西！

第三个除夕，终于见到肉的影子。我们的孩子，把菜里剩下的唯一的肉夹给她的妈妈，妈妈又夹回她碗里，她又把它夹给我，我成功躲开了，背过身去，让自己不争气的眼泪成功地避开了她们的视线。

从那一刻起，我发誓，一定要让她们过上好日子。

扛了一天的麻袋，步履蹒跚地往出租屋走，一路上，看到万家灯火，想着某一天，可以有一扇窗是独属于我们的，想着有一盏灯是为我们而亮的。

春天倒寒潮，炉子不好烧，屋子里浓烟滚滚，我们分不清到底为何而流泪。

孩子发高烧，我们抱去医院，却没有钱打点滴，只好去药店买退烧药，大颗的泪珠掉到孩子脸上。孩子伸出小手，给我擦眼泪："爸爸不哭，宝宝不难受了。"

我们经历着人间的疼，却依然热气腾腾地活着。老婆比我更坚韧，她从没有在那些苦日子里掉过一滴眼泪。但是当我们终于在这座城市里有了自己的房子时，她的眼泪再也没能忍住，汹涌而出，仿佛一座被轰然炸毁的堤坝。这就是我们可亲可爱的女人，她们总会为你的贫寒而隐忍，紧咬牙关，可是某一天，却要为你的成功，而号啕大哭。

韩国一位母亲因为三年前女儿的去世，一直感到愧疚，无法从悲痛中走出。韩国一家电视媒体得知消息后，为了帮助这位母亲，用时八个月，采用VR（虚拟现实技术），帮助这位母亲重现了与女儿相见的场景，并帮助这位母亲实现了与女儿道别的愿望。

娜妍在家排行老三，有一个哥哥、一个姐姐、一个妹妹。三年前娜妍嗓子红肿去了医院，之后连续高烧不退，本以为是普通感冒，但后期检查结果为白血病。在与病魔抗争半年后，娜妍还是离开了这个世界。娜妍的妈妈感到十分悲痛，在这三年里，她总是会想起娜妍，一直想再见女儿一面，跟女儿说说心里话。

通过VR技术，娜妍的妈妈终于再次见到了娜妍，在虚拟公园里重新感受女儿的音容笑貌。她跟娜妍一起过了一个生日，一起吃了晚餐，并且一起玩耍。

在最后，妈妈陪伴娜妍安静地睡去，随后娜妍化作一只蝴蝶，从床上飞走了，与妈妈做了最后的道别。

"妈妈，我爱你。"

"妈妈，再见。"

……

有人评论说，这样太残忍了，让母亲再一次经历了失去女儿的痛苦。我却认为，这个梦是治愈的，它绝不仅仅是爱的回光返照，而是一种鼓励人继续活下去的梦。

我看见一个卖雪糕的老人，在风雪中孑然独立。我有些想不通，为何要在如此寒冷的天气里卖雪糕。问其缘由，他说自己实在没有别的手艺，就会做点雪糕，他想卖点钱，老伴儿和他都有病，一服中药要很多钱呢。

我把他的雪糕都买走了，我的心疼得厉害——他把仅有的那点甜，售卖出去，然后换回更苦的药，去医自己半生的疼。

另一个风雪天，胖婶儿在垃圾箱边上捡到一个婴儿，是个女娃，她抱回家，养到三岁大，死于血癌。孩子的父母应该是知道这个病，所以直接丢弃，任其自生自灭。这是悲伤的事，胖婶儿却擦了擦眼泪说："孩子好命，死在我怀里，比死在风雪里好。"

她说的这些话，仿佛在安慰自己，又仿佛在安慰人间。

为何这雪下个不停？因为，人间的疼痛漫无边际。你再疼，也是疼的冰山一角，你永远无法路过人间所有的疼。

好在，万家灯火渐次亮起，它们就像一粒粒火种，渐渐地蔓延成一张灯光之毯，用光和温暖为人间止疼。

差一点忘记你，父亲

我觉得自己就像那条小鱼，每天游在漾满亲情的水里，却不知道水是什么。

斌子的父亲癌症晚期，查出来的时候正是深秋。医生对斌子说，做好心理准备吧，最多还能活三个月。尽管孩子们极力想瞒着，但父亲终究还是知道了这一切。

我们去医院看他，他明显消瘦了很多，以往那个爱说爱笑的小老头忽然变得伤感起来，一个劲儿地掉眼泪。我们只当他是因生命即将逝去而禁不住的哀叹，一切安慰都显得那么苍白，于是我们也都跟着选择了沉默。

半年之后，斌子的父亲安静地走了，表情很安详，嘴角似乎还残留着一抹微笑。

"父亲一直都很乐观，包括面对死亡。"斌子和我说，"你知道刚开始住院的时候父亲为什么长吁短叹的吗？"

"难道不是因为大限将至吗？临终的人总是习惯于这样悲伤的。"

"不，你错了。父亲就算是临终的时候惦念的也是我们。他和母亲说过，说自己病得不是时候，天冷了，现在要是死了，孩子守孝要挨冻了……"

斌子的父亲最后比医生预测的多活了两个月，我想，他大概就是为了不让他的孩子们守孝挨冻，忍着不死，一直等到春暖花开。

我被深深地震撼了，我想到了我的父亲。我已经很久没有给父亲打过电话了。

电话打过去，几乎不用等待，就响起了父亲的声音。这让我更加觉得愧疚，我想晚年的父亲除了吃饭睡觉，唯一的活动就是守在电话旁边，等着儿女们的电话吧。

"爸，少抽烟，多运动，晚上出去下棋记得披件外套，心脏不好，就别总喝酒了。别担心我，我在这里很好，只是很想你而已。"父亲在那头一个劲儿地"嗯、嗯、嗯"，好像一个在听老师训诫的乖学生一样不停地点头，满脸的谦卑恭敬。一下子，我感觉到父亲真的老了。

父亲——生命中最重要的那个男人，年少的大多数时间都是他陪伴我，骑车载我去球场，牵着我的手去野外，在海边为我用沙砾堆起城堡，还有那次我特别不想让他出现的家长会，他牢牢握住我的手令我无法逃掉……我的记忆慢慢延伸开来，从什么时候起，这个男人的身影渐渐淡去，变得不那么强壮——是从我因为失恋彻夜未眠的时候起吗？是从我踏上北上的列车漂泊流浪的时候起吗？是我在人心叵测的职场上摸爬滚打的时候起吗？是的，当我的脸颊有了青涩的胡茬儿，当我的手臂变得粗壮有力，当我坐在转椅上沉默、疲惫，因为时间而焦虑，因为忙碌而孤独的时候，我已经很久没有想起他了。是的，很久，差一点忘记。

看过这样一个小故事。两条小鱼一起游泳，遇到一条老鱼从另一方向游来，老鱼向它们点点头，说："早上好，孩子们，水怎么样？"两条小鱼一怔，接着往前游。游了一会儿，其中一条小鱼看了另一条小鱼一眼，忍不住问道："水到底是什么东西？"

我觉得自己就像那条小鱼，每天游在漾满亲情的水里，却不知道水是什么。

我在电话里告诉父亲，这个月末会请几天假回去看他，我说我想喝他煲的地瓜粥，想和他下一盘棋了……

一辈子要强的父亲，竟然在电话那头，轻声地抽动鼻子，尽管他一再大声地说着"好好好"，我却分明感觉到了他落下的那滴眼泪，重如千钧。

母亲弯腰

母亲渐渐瘦弱下去，但她的爱始终是丰饶的。

我看到母亲在一里之外弯腰，她在捡拾农人秋收时遗落的麦穗。

我看到母亲在十里之外弯腰，她在向上苍祈祷，可以有更多的福报落到我们身上。

我看到母亲在千里之外弯腰，她在向岁月妥协，她在把自己交出去，她在慢慢变成句号……

母亲用弯曲的腰身，换来了我们的笔挺。

我看着她弯腰，看着她蹒跚而过，看着夕阳把暗夜推给她，她身上仅有的一点光亮在挣扎，一闪一闪的，我仿佛看见了她一生中的某些碎片。这些碎片，曾经汇聚成她生命中的太阳，现在，太阳沉没，光碎成一片一片，渐渐暗淡下去。我无法帮她把那些碎光拾捡起来。

母亲弯腰的样子，像一棵被风吹拂的野草。她弯腰，为我们拾取生活中遗漏的惊喜。

母亲，你看不见，就让我说给你听吧。布谷鸟已经让春天撒满音符，梨花也让春天布满经文。我现在就想搬到离你最近的地方去！

想到自己在外地工作那会儿，母亲在电话里总是很关注叶子，常常有意无意地唠叨，叶子又落了一地，我还没来得及扫。明天一阵风，怕是又要落下不知多少呢？你穿的衣裳是不是太薄？——这种由叶子到衣裳的跨越，只有母亲的思维可以做到。

我的胸口有一只暖宝，它把母亲的唠叨焐热了。多亏我有先见之明，知道母亲今夜会来梦里看我，所以带了一只暖宝，我只想让寒冷往后退一退，因为母亲衣衫单薄，她来得匆忙，没戴围巾，也忘了穿毛衣。

更多的时候，我在这个世界发呆。母亲飘在风里的银发，佝偻着向前弯曲的脊背，都是我发呆的理由。

我会想起她无数次爬过的山坡；想起她无数次背回来的柴火，年轻时一次比一次多一点点，年老时一次比一次少一点点；想起她慢慢弯下去的腰身，再也直不起来。

五岁的时候，和母亲去种土豆，把土豆放进坑里，盖土，整个过程严肃而虔诚，像一场神圣的葬礼。我问母亲，土豆是不是死了？母亲笑了笑说，死了一个，会生出更多。

收土豆的时候，母亲一边给我看土豆茎上结的一串串土豆，一边说："看，我没说错吧。"我惊讶万分，那是多么神奇的"死而复生"。

那是为数不多的我和母亲一起弯腰的画面。

"种瓜得瓜，种豆得豆"的道理，即便五岁的时候我不懂，慢慢总会懂的。"面对死亡，不必恐惧"的信念，却在那个时候在心底扎了根。以至于在以后的日子里，见证了无数次死亡，但总还是会恍惚觉得，埋葬一个人，不过是埋下一颗土豆罢了。

母亲渐渐瘦弱下去，但她的爱始终是丰饶的，就像我看到可以长出成串的土豆时的土地，那个时候的我就相信，土地是可以产生奇迹的。母亲也一样，对土地存有敬畏。在她眼里，自己的弯腰，与苦楚无关，那只是自己在向着大地行礼。母亲谦卑了一辈子，对人和事，从不过多索取，总是无穷尽地给予。哪怕老了，也要弯下腰去，对着深爱的土地，深深地鞠下一躬。

母亲爱着一切，从无抱怨，她甚至爱上了自己的关节炎，在缓慢的疼痛里，证实着自己还活着。她说，活着就好，活着就有念想。摸摸我们的手和脸，闻闻我们的味道，都是她的幸福。

所以，每当我因为生活中的不顺心之事而乱发脾气时，总是劝自己想一想母亲的宽和。在她的丰饶面前，我照见了自己的贫瘠。

永远忘不掉那个画面——在我们又一次从她身边离开的时候，母亲执意要送我们。她的眼睛已经看不见了，但是依然倚在大门口，"目送"着我们，迟迟不肯转身，她不知道我们已经上了车，仍旧在那里执着地挥手……

我的泪珠，硕大的，为母亲而流。母亲弯腰的背影，像一个巨大的问号，镶嵌在那一日的黄昏里，再也抠不出来。

空白的女儿

如果我是神，我将尽我所能赐予你应有的幸福，但同时会赐予你空空的篮子。因为更多的幸福，是需要你自己去采撷的。

女儿，你是空白的，这多好。没有爱恨情仇在前面等着你去心力交瘁，没有是非曲直等着你判断评说，空白的心里，只有奶白色的梦幻。

女儿，你在梦里哭了。婴儿的梦里，到底有什么？这是永远无法解开的谜题。我不能喊醒你，却又无法进入你的梦里去解救你，就像有一天，我老了，躺在病床上，无力再去擦拭你脸上的泪水，我是一个多么无力的父亲。

我喜欢抱着婴儿时的你去公园，我想看到你在看到你生命中第一朵花时的雀跃，听到第一声鸟鸣时的惊喜。我是在借你的眼睛、你的耳朵，回到自己的懵懂年华。借助于你的眼睛，我可以变成星星，变成蛐蛐，变成毛毛虫，甚至可以变成一滴露水。

女儿，你刚刚能坐起来的时候，整个地球都在你的屁股下面，缓缓转动。对于你来说，整个地球，都不过是你的磨盘而已。就算你不小心尿了床，我也当作是磨盘上磨出了新鲜的汁儿。

"蛐蛐儿在哪里呢？"你问。

"在墙角的缝隙里。"我说。

"它们是不是困在里面出不来，在喊救命啊？"你说你想救它们出来。

蛐蛐儿似乎听见了我们的对话，叫得更欢脱了。

你说，时钟有四只脚。我说，时针、分针和秒针，明明是三只脚，第四只脚在哪里呢？你说，一定有第四只脚的，你看不到，我也看不到，但是我相信，一定会有的，不然，它们怎么走得稳啊？

你起床，打开窗，看到了窗外的雨，你和我说："爸爸，不知道为啥，下雨了我就想哭。"小小的女儿，你是如此多愁善感。

你的问题总是让我猝不及防，比如你会问："夏洛为何会死？"我只能告诉你，小蜘蛛夏洛为了救它的好朋友小猪威尔伯才死的。你不想让它死，那你就拿起笔，接着把这个故事写下去好不好？让夏洛活过来好不好？

你满意地应着。

你那颗居住在童话里的心，是不能感知尘世的险恶与悲凉的。所以，有时候，不知道该如何向你解释我眼里看到的一切。就像，不知该如何对月亮解释寒冷，如何对爱人解释爱；不知该如何对花朵解释芬芳，如何对仇人解释恨。

我只能尽力地，把你的心灵向着阳光的地界，缓缓地拽。

夜里，你忽然问我："爸爸，白天堆的雪人，自己在外面，会不会害怕？"

我说："它要是害怕，该怎么办呢？"

"那我就去陪陪它。"

或许刚才雪人还是害怕的，但是现在不怕了，因为你把一颗勇敢的心，传递给了它。

你偷偷爬上屋顶，用一根粘蜻蜓的杆子，在那里专心致志地粘那些最矮的星星。这是只有漫画中才有的场景，我不忍打扰。我会帮你记住这一刻，等着将来的某一天，你对生活充满厌倦，或者因为劳累而埋怨，我就会和你一起回忆这一幕——女儿，虽然你无法把星星粘住，但是，那一刻，你是离星星最近的人。

你一手拿着橡皮，一手拿着画笔，画看到的云。那云一会儿被擦掉，一会儿又被画出来。女儿，我一直在学着你那样去看一朵云。如果云朵掉下来，我便不会躲闪，我会从它柔软的心间穿过，淋一身雨，带着潮湿的气味，回到阳光下，慢慢烘干。

女儿，你是空白的，所以，你装得下全世界的倒影。

我想把月季、芍药、金达莱都别在你的头上，给你一段香气。等你长发及腰，等那个爱你的男子，继续把一些知名的和不知名的花，别在你的发梢。

我对那个男子有这样的要求：给你以居所，永远不要让你颠沛流离；给你以葳蕤，永远不要让你心生荒凉；给你以琴弦，永远不要让你的乐音停止；给你以永远的爱意，如同空气和水。

如果我是神，我将尽我所能赐予你应有的幸福，但同时会赐予你空空的篮子。因为更多的幸福，是需要你自己去采撷的。

　　女儿，如果可能，我愿意再苟活数十载，以便能分走你将来或许会遭遇的所有的苦。而此刻，我唯愿你是空白的，你越是空白，那里的山川就会越辽阔；越是空白，那里的鸟声就会越婉转。

　　我愿执笔，在你空白的雪地上写下第一个字：爱。一生的幸福，也必将从此刻开始纷纷扬扬。

赶路的荷花

虽然母亲总是急匆匆的，但骨子里的清雅、干净、恬淡与和善，是藏不住的。那些美好的品质就如同荷香，绽放在生活的池水里。

万宝公园的荷花开了，可惜母亲再也看不见了。她上了年纪之后，看东西越来越模糊，渐渐就什么都看不清了。

可是，我还是会领她来看，我会跟她讲，今年的荷花开得满，饱胀得厉害，荷花池都装不下的样子。母亲听得入神，微笑着点点头。

荷的花期甚短，花开也就仅仅几日，便由莲生藕，继而生莲子，一生不敢懈怠，急匆匆地赶路，生怕错过了每一缕微风和每一寸光照，甚至，凋落的时候，都来不及一声叹息。

这急匆匆赶路的荷花，像极了我的母亲。我见过母亲年轻时候的照片，是优雅的美人样貌，生下我们之后，她的青春便急匆匆地流逝，艰苦的生活把她曼妙的仪态侵蚀殆尽。她要照顾一大家子人的生活起居，还养了一头猪和一群鸡鸭鹅，抽空还要去打点零工贴补家用。打记事起，母亲给我的印象永远是急匆匆的，忙碌着的，仿佛有干不完的活儿。

　　虽然母亲总是急匆匆的，但骨子里的清雅、干净、恬淡与和善，是藏不住的，那些美好的品质就如同荷香，绽放在生活的池水里。

　　母亲喜欢电影。记忆中母亲唯一的奢侈，是她独自看了一场电影。那时候，影院里演她喜欢的《庐山恋》，她安顿好我们，并叮嘱父亲让我们早点儿睡觉，自己去了影院。半夜回到家，看到我们都还没有睡，母亲做了错事一般深怀愧疚，表示以后再也不扔下孩子独自去看电影了。母亲，把自己少有的一点爱好也默默地收藏起来，甘心地、陀螺似的围着这个家转。

　　从来没有见过她在我们之前睡过觉，那个时候，我很好奇，母亲睡觉是什么样子。终于有一次，贪吃了两块西瓜，睡梦中被尿憋醒。上完厕所回来，猫一般蹑手蹑脚地蹭到母亲床边，想借着月光看看母亲睡觉的样子，却忽然听到母亲说："快上床，盖好被子，秋了，别着凉。"我很讶异，本以为一点声响都没弄出来，却还是没能躲过母亲的耳朵。母亲总是这样，我们一丁点儿的响动，都会在她那里引发余震。

　　母亲学什么都快。记得当年家里添了台缝纫机，母亲从单衣到厚棉，裁剪得与店里的一样得体。那时，好多人家还没缝纫机，母亲便经常抽时间给别人无偿地缝补，扦个裤脚之类。母亲还买了一套理发工具亲自给我们理发，免得我们去理发店花冤枉钱，久而久之，理发的手艺越来越好。邻居们有时候就过来让她帮着理，只要有空，母亲有求必应，并且乐此不疲。

荷花落了之后，莲蓬便举了起来，仿佛是为那些凋落的花魂举起一盏灯。大自然是神奇的，造出这样一个让人喜爱的物种来，像浴室里的花洒，厅堂里的吊灯……众多的比喻里，我觉得它更像蜂巢，因为无论从外形还是内在结构上，它们都如出一辙，以至于我总是想象着，那深邃的小孔里面，会不会飞出小蜂子来。

母亲从什么时候开始慢下来的，我记不清了，但我清楚地知道，母亲已老成衰微的枯荷。即便如此，她依然把自己挺立成倔强的莲蓬，不肯向岁月低头。她终于不再急匆匆地赶路，她开始喜欢熬粥，厨房里四季都会放着一袋莲子，煮粥的时候放上几粒，熬出来的白粥就多了清香。母亲常说，人世走一遭，别怕吃些苦。比如这莲子，虽苦，却有着消除燥热的功效。我喝一口白粥，大米和莲子糅合到一起的香味，在舌尖环绕，那是母爱的味道，也是尝遍生活的滋味沉淀出的一份清净心。

现在的母亲，眼睛看不见了，每天生活在黑暗里，便经常陷入沉睡。我坐在她的床边，终于能仔仔细细看她睡觉的样子了。母亲打着轻微的鼾，均匀而带有节奏感。母亲的样子，依然是荷的样子，只是这荷已落，飘零破败。我也知道，终有一天，母亲会成为一粒莲子，像佛的舍利，珍存于岁月的盒子里，护佑我们平安。我不免落泪，不承想一滴泪就惊醒了母亲，她颤巍巍地伸出手来，摸着我的脸，询问我怎么了？

不管母亲如何衰老，一滴小小的泪水，落到母亲那里，依然还是免不了成为浩瀚无边的海洋。

虚构的祖母

我虚构祖母还活着，她活着，我们所有人就都是孩子，就都在接受她的呵护。

祖母去世多年，无论梦到多少次，都不肯迈回门槛半步。依稀记得她说过，逝去的人不可以再返回，哪怕是梦里，也是不吉利的。

可是我想她，只好虚构她还活着。

我蘸着泪水，擦拭她的相框，希望可以为她续上呼吸，让她的微笑在轮回里生生不息。

记忆里，祖母的一个特定姿势就是将一些柴火捆扎好，堆放在厨房边。仿佛把旧日子一捆捆地绑起来，堆放在记忆的墙角，等一把火将它们付之一炬。她是梦想着，在那熊熊火光之中，定会脱胎换骨一个崭新的日子来吧。

祖母的另外一个姿势就是挥舞着一把大扫帚，似乎要把所有的尘埃都清扫干净。偶尔有风来，她是高兴的，她说风可以帮她把院子吹得干干净净。至于尘埃，当然是不喜欢风的，它高高扬起，看似欢欣鼓舞，实则是迫于无奈。它要算准风打盹儿的时辰，偷偷地落下来。风打盹儿了，爱干净的祖母却醒着，这尘埃还是别想安生。

夏天的蜘蛛总是疯狂地编织捕虫的网，有时我在想，网上那么多飞虫，它吃得过来吗？它会不会也经常请客，把其他蜘蛛邀过来一起喝两杯呢？显然没有这样的盛况，我想它们活着，似乎"饱腹"已不是首要任务，一张蛛网的完美与否，才是关键所在。

祖母热衷于捣毁它们，见到蛛网就毫不留情地用扫帚给捅掉。可是，第二天早上，依然会有很多网，在不同的地方再次张开。其实不见得有很多蜘蛛，保不齐就这么一只，硕大的它不知哪里来的惊人的能量，一而再，再而三地织着生命的网。有一次，我看见那上面挂着雨滴，忽然就有些心疼起它了，虽然它样子丑陋，甚至可怕，但它的这种精神却着实让人感动。

我和祖母说起这些，祖母没有说什么，从那以后，只要蛛网不碍事，她便很少去毁掉了。

祖母一把年纪，却始终替季节操心。夏天的时候，对忙碌在农田里的儿子说："快点到冬天吧，你也好猫猫冬，好好歇一歇。"冬天的时候，一边给我的手抹冻疮膏，一边说："该死的冬天，快点过去吧，看把俺孙儿冻成啥样了……"

祖母早年说过的话，还挂在屋檐上。像一盏风铃，日日摇曳，夜夜叮咛。

祖母喜欢莲子，经常在熬粥的时候放上几颗，她说吃点苦，可以让味觉变得更敏感，才能对别的食物更有热情。

所以，秋天的时候，总能看到她去荷花池采莲蓬。当然，更多的时候，那些莲蓬早早地就被人采光了。

莲蓬是连接生命的胎盘。每一颗莲子都独居一室，独立而清苦。这碧绿的铃铛，虽然没有声响，却能唤醒众人心底的善。所以，我唯心地认为，莲子之所以可以千年不腐，并非因它的坚硬，而是因它的慈悲。

莲心是苦的，苦心如佛，是尝遍生活的滋味，经过一番苦心的磨炼，才达到的禅的境界。谢落一身的繁华，没有了窈窕的身姿，可是美和芳香却在不朽地传递。

这一切，都像极了我的祖母。

据母亲回忆说，祖母一辈子爱美，六十多岁时仍然不肯脱下高跟鞋，她说脱下高跟鞋，女人就脱下了优雅，脱下了心气儿。

初秋的街头，依旧还有卖莲蓬的人。莲蓬带来一塘的荷香，城市的街道上有着人间最寻常的烟火气息。祖母用心挑选着，仿佛在寻找失落于前世的自己。

我在写作的时候，免不了要虚构一些事物。而此刻，我最想虚构祖母还活着，来疼我们。

祖母行走在我的文字里，我小心地措辞，生怕哪个不恰当的语句，把她绊倒。

既然是我虚构的，那一切都由我说了算：我愿这尘世的沧桑，永远不爬上她的额头；我愿那风一直吹着，让灰尘永不落地；我愿那莲蓬里的莲子，苦里面透出一丝甜。

祖母喜欢缝制各种小垫子，总担心我们凉着，坐到哪里就把她的垫子扔给我们，让我们垫在屁股下面。祖母的旧垫子，总是比月亮大一圈。

我领她去农村的集市，集市很不规范，小摊贩们把货摊满一地，优雅的老太太虽然上了年纪，但仍能灵活地小心翼翼地躲避那些杂物。这让我想到我小小的女儿，她的筷子，总是很巧妙地绕开她不喜欢吃的菜。

祖母是一个害怕钟表的人，源于一次挂钟的掉落，从此，她总说那挂钟里住着怪物。可是，当她在这人间摇摇晃晃的时候，又何尝不像一座老迈的挂钟呢？或许她是在怕她自己，怕住在她内心里，叫"衰老"的怪物。

祖母去世之前，曾经走丢过一次。我们最后是在派出所把她领回家的。派出所的民警说，老太太想不起来我们的电话了，只是一个劲儿地说着四和二十三这两个数字，他们就像破译莫尔斯电码一样，最后觉得这应该是她某个孩子的生日，就按照当地的身份证编码把这个日期输入进去，筛选出年龄相仿的几十个身份证号码，最后果然锁定了我父亲的身份证号码。

走失时的祖母，还记得她孩子的生日。一切都可以变凉，唯有那颗爱子的心，始终是温热的。

我虚构祖母还活着，她活着，我们所有人就都是孩子，就都在接受她的呵护，比如此刻，我在深夜埋头写作，就会被她唠叨，熬夜伤身体，快去早点睡。

嗯，我乖乖听话。晚安，祖母，明天见。

风是父亲的苦难

起风的时候，就想想家，回来看看吧。

起风了。我与风并无恩怨，只是，它的每一次到来，都会吹落我心头的泪水。我的泪水为父亲而流。

风，对着一棵树推来搡去，像推搡一个人的命运。那棵树像父亲，看着瘦削，却苍劲有力；那一根根枝条像我们，他的儿女，健康地成长，向着不同的方向。

记忆中，父亲从来都是不惧怕风的，再大的风都没阻挡过他回家。

起风了，炊烟醉了酒一般东倒西歪。邻居家的菜肴香味飘进来，父亲咂咂嘴，似乎就着这香味就可以下饭了。别人家的好味道可以刮进来，别人家的好日子却刮不进来，别人家的好味道只会让父亲碗里的咸菜更咸。

风总是围着父亲打转：忙着在父亲的脸上雕刻沧桑，忙着在父亲的手掌堆积老茧，忙着在父亲的头发里掩埋霜花……父亲无法阻挡那风，我们也没有办法。肆无忌惮的风，就像刻意蹂躏父亲的命运，但是父亲始终挺立着，尽管背已微驼。

风像鞭子，抽打着父亲这个陀螺，使他一生都无法停止劳作。因为决策失误，我和哥哥一起经营的公司倒闭，还欠下很多债务。退休在家的父亲不得不重新披挂上阵，开了一个汽车修理铺，赚钱替我们还债。我们这些不争气的儿女，不仅没能让父母过上衣食无忧的好日子，还给他们添了沉重的负担。那日回老家，看到父亲顶着花白的头发，正在修补一个个轮胎。父亲的汗味和满身的油渍味道，充斥风中，呛出了我们的泪水。

我们劝父亲不要干了，他挣的钱对于我们的债务来说，无异于杯水车薪。可是父亲执拗得很，他说："欠下的就要还，还一点算一点，你们后背上扛着大山，我没办法替你们搬掉，就替你们卸几块石头吧。"

就为了替我们卸几块石头，父亲把本该安享的晚年抛给了风。

后来，我们的公司在朋友的资助下重新运营了起来，所有的债务都还清了。只是，欠父亲的那份债，怕是一生都无法偿还的。

一个叫杨康的大学生诗人写过一首关于父亲的诗《我不喜欢有风的日子》，我很是喜欢：

风吹散了父亲刚刚倒出来的水泥，
风又把水泥吹到老板身上，
吹到父亲眼里。

这可恶的风，

就这样白白吹走，

父亲的半斤汗水。

这诗句读来让人心酸。因为那诗中的父亲与我的父亲极为相似——为了一家老小，在风中挥汗如雨。

那是个当农民工的父亲，在工地上辛苦劳作，吃不饱睡不好，恶劣的环境总是雪上添霜，就像顽皮的老鼠在冬天的夜里啃碎了穷人唯一的棉衣。做儿子的，唯一的企盼，就是让风吹得轻一点，再轻一点，别让那水泥和白灰迷了父亲的眼；别让风吹凉了他碗里的白菜汤，因为馒头是冷硬的；别让风吹得脚手架晃动不停，因为父亲年龄大了，腿脚不再灵便，也经常会头晕；别让风把雨带来，那样工棚里就到处湿漉漉的，父亲的风湿病就会发作；别让风声大过了他口袋里那个破半导体的声响，因为他时刻关注着自己的儿子所在城市的消息，那里发生的每一次流感都会令他忐忑不安，那里发生的每一起事故都会令他胆战心惊……

这就是父亲，每日里挥洒的汗水不止半斤。我想我和杨康也有不一样的地方，我一方面不希望起风，另一个方面又想让风给父亲擦擦汗。

只是风啊，千万不要来得太急，请你慢点儿来，轻点儿吹，因为父亲越来越瘦弱，靠一根拐杖支撑着，任何一场猛烈的风，都有可能让他趔趄，甚至摔倒。

父亲就像那根拐杖，被我们握得越来越光滑，却令我们站得越来越稳。

父亲曾经不止一次对我们说："起风的时候，就想想家，回来看看吧。"

一直不明白父亲为何如此说，现在我明白了，诗人杨康也明白了，他的诗句替我的心做了解答：

我不喜欢有风的日子，

风是父亲的苦难。

我怕什么时候风一吹，

就把我的父亲，

从这个世界，

吹到另一个世界。

彩色的星星在爬

那是多么完整的生命，既有永恒的延续，亦有苍老与凋谢。

小米粒儿出生，被医生抱出来的那一刻，我们既兴奋又紧张。医生把孩子交到二妹手中，我看得出二妹的紧张。要下台阶，二妹干脆脱掉高跟鞋，光着脚从二楼走到一楼。

我在心里对孩子说，等你长大挣钱了，第一件事就是要给你二姨买一双鞋。

不管婴儿床布置得多好，不管晚上临睡前铺得多工整，被子盖得多严实，早上起来，那里还是会空空如也。小米粒儿在妈妈的身边呼呼大睡呢！这是母亲的天性，半夜喂了奶之后，就不舍得把孩子放回婴儿床里了，而是留在怀里，她觉得那样孩子睡得才踏实。

一日夜里醒来，看到小米粒儿竟然是醒着的。她不哭不闹，安安静静地在那里，看着从窗帘缝儿里透过来的一缕月光，并用她的小手，不停地捉着它。

小米粒儿刚满三个月大，对什么都充满好奇，她不知道那是什么，但她小小的心灵里，一定知道，那是很美好的事物。

我小心翼翼地不发出声响，就那么看着她，和月光玩耍。

我抱小米粒儿的时候，总是习惯"晃"她。妻子警告我说，不许"晃"，如果习惯了，以后就"尖尖腔"了，不"晃"就闹人。我只好默认妻子的逻辑，尽量不"晃"孩子。

有一天，我从睡梦中醒来，看见妻子正在地上抱着孩子，不停地摇晃着。

孩子一哭，什么逻辑都不重要了。

我看着小米粒儿的成长，像一颗小豌豆一样，一寸一寸地长。她趴在窗玻璃上，向外张望，眼前的世界令她称奇。我在孩子欢天喜地的脸上，看到了人生最美好的时光，无忧无虑的时光。可是有那么一秒，我忽然看见她呆呆地愣在那里，好像看到或听到了什么。是一条狗的奔跑，还是一只鸟的鸣啁？是一朵云的飘逸，还是一朵花的绽放？那一刻，她的小脑袋瓜里到底在想些什么呢？

小米粒儿玩妈妈衣服上的扣子玩得很起劲，说：

"妈妈，你的扣子真好玩，可以扭过来扭过去，是不是因为这样就叫'扭扣'了？"

"妈妈，罗汉果是不是萝卜做的、爱出汗的水果？"

……

我们问她："你长大后想做什么呀？"

"坐椅子！"

哈哈哈……

　　小米粒儿困惑地看着我们，迟疑片刻，说："坐凳子。"

　　小米粒儿对冰激凌痴迷得很。她把一个刚从冰柜里拿出来的冰激凌，放到唇边，感觉到一股小冷风吹过。那么，小米粒儿的诗句来了："冰激凌是由雪和风组成的。"

　　一只小瓢虫在墙上爬行，小米粒儿大声惊呼："爸爸快看，彩色的星星在爬呢！"

　　小米粒儿走不动了，赖着让我抱，她说："我把力气都浪费在玩儿上了。"

　　小米粒儿与她姥姥在卧室唱着儿歌，窗外，枝丫间透过的暖阳住进了我们心里，这是上帝对我们的恩赐。那是多么完整的生命，既有永恒的延续，亦有苍老与凋谢。

　　我的生日，我本来没有买蛋糕的打算。小米粒儿看出端倪，不停地唠叨："唉！过生日咋能没有蛋糕呢？"

　　我下班回来，买回来一个很大的蛋糕，小米粒儿高兴坏了，拖鞋都没穿就向我奔跑过来，然后并没有急着让我们打开，而是闭上眼睛许愿。

　　她忍不住对我说"爸爸，我许的愿望是你永远那么帅！"

　　妻子说："明知道孩子就吃那么几口，为啥还买那么大、那么贵的一个蛋糕啊？"

　　我说："孩子对着那蛋糕许下了那么美好的心愿，还有那一路急切的奔跑，哪怕最后只吃了一口，也是值得的啊。"

　　其实，小米粒儿好多天之前就开始盘算送我什么生日礼物，她精心画了一幅画，每天早晨偷偷给妈妈看，说是准备要在我生日那天送给我。妈妈和我说了，她听到，很不高兴的样子，她怪妈妈："说好了保密的啊！"

妈妈说："反正都是礼物，那有什么关系呢？"

小米粒儿说："那不一样，礼物是有了，可是没有惊喜了啊！"

小米粒儿，你健康地如花一般成长，就是给爸爸的最好的礼物啊！

孩子总是噌噌地就长大了，常常是以迅雷不及掩耳之势，猛然间，我们就老了。

孩子喜欢和大人比个子，从膝盖到屁股，到肩膀，到眉梢，直到高过你，扬长而去。人啊，总是不知不觉间老去的，自己一再地向后退去，可是，孩子向你奔来的步伐，一下紧似一下。你还是乐于接受那奔跑过来的光。

我唯有祈愿，小米粒儿可以成长得慢一点，再慢一点。

春天的十二种颜色

春天，到处都排列着诗。有诗路过的地方，香气冲天。

米粒儿一大早忽然来了兴致，对她妈妈说："妈妈，我想画你，春天的十二种颜色，你随便选！"

春天的十二种颜色——或许她也说不出来具体都是哪些颜色，她只是用了一个模糊的数字，我却喜欢上了这样的表达。

这是属于孩子的诗。

而春天，到处都排列着诗。有诗路过的地方，香气冲天。

春天，又何止十二种颜色？

河面上还有浮冰尚未完全融化。冰是水的修行，春风一度，便可羽化成仙。

赤橙黄绿皆为风景，这风景是用思念拍下来的，从远方寄来，也将寄往远方。

我看到的，并非风的吹拂，而是狗尾巴草拼命地拽着风，非要把它拉到自己的脚边，陪它玩耍。

春天在我的身后掉了一些花瓣。修剪草坪的人被草没过了双脚。

阳台上那盆蟹爪兰终于开花了。打从它进家门，就一直没个笑脸，好像我们欠了它几两春风。老婆精心伺候，终于等到它冰冷的心回暖。我想，一朵花的坚持，是为了等候那个爱它的人出现，把它捧在手心，热泪盈盈。这是一朵花的胜利。

一只蚂蚁步履缓慢地爬上一朵花的花蕊。稍作停留，便匆匆爬下去了。它并不采蜜，似乎只是好奇，为何蜜蜂和蝴蝶要那么执着地亲近一朵花？到底有什么好呢？蚂蚁想不明白，但它回到同伴中去，还是很骄傲地炫耀了一番："我爬到那朵花的头上了，看到了它最美的一面。不信？你们闻闻我触须上的花香。"

"爆米花师傅"跑到杏树上，爆了一整夜的米花。我知道，他还会马不停蹄地跑到梨树上、桃树上……这个季节，他是最忙碌的"爆米花师傅"。

带着老人院里的老人们去看开得正旺的杏花，然后看看他们的眼神。经历了一生，淡然的他们是否还会被杏花点燃？

再领着孩子去看杏花，看看小孩子的眼睛里会荡漾出什么样的波涛。

不论老人或孩子，对着燃烧的杏花，无一不露出欣喜之情，那是天降的慰藉，把老人心间的皱纹熨平，把孩子头脑里的混沌拨开。

春天的十二种颜色里，肯定少不了樱桃色。

樱桃，多美好的名字，听着、看着都亲切。

它们小小的，圆圆的，红彤彤的，是这春天里的火苗，一颗一颗，稍不留意，便已"星火燎原"，把整棵树都烧红了。它们更像这春天里的小小心脏，在微风里生生不息地跳动。我爱樱桃，以及樱桃一样的女子。

春天的十二种颜色里，应该也不会少了乡村的快递员。

诗人王二冬的诗歌《乡村使者》，写出了这样一种温馨的场景：

> 小小的包裹填补了城乡的裂痕
> 她把瓜果交给快递员，父母尝到女儿的甜蜜
> 她把围巾交给快递员，丈夫在异乡不再寒冷
>
> 她偶尔也把无名的悲伤交给快递员
> 没有地址的收件人像一棵与时间对抗的树
> 不知道送给这一棵还是那一棵
> 他有时觉得自己也是收件人
> 自己也被这个村庄里的人和万物爱着

阳光照进来，暖暖的，温度适宜，我就像一颗上好的豆子，把自己剥个干净，终于可以放心地发芽了——那是长在梦里的诗句。

我要善待自己的躯体，尤其是每天保持写作的手指，以及可以站稳的脚跟。

我要努力地爱我爱的人，尤其是我那小小的女儿，她一个小小的趔趄，就会引发我慌乱的雪崩。

女儿，你且只管亭亭玉立，楚楚动人，娉婷婀娜……美好的词语，我都帮你抢过来，给你占着，注册到你的名下。

人间有情，万物安详。春天的十二种颜色，其实只有一种颜色，那就是爱的颜色。

时光总是流逝得如此迅疾，我总觉得春天才刚刚上路，就被夏天半路劫走。

画眉鸟突然叫了几声，是惊？是喜？没人能听得清。

鸟没有周末，又每一天都是周末。阴天和晴天，它都鸣叫，从不厚此薄彼。

窗帘能隔开白天，但隔不开春天的鸟鸣。

这是一个将功补过的春天，用真诚和苏醒的爱，制成一粒粒药丸，缓解着人间的疼痛。

睡在炊烟里的母亲

如今，儿女们如鸟一样飞远，母亲的桌上只有一双孤独的筷子。

摸着黑回家的母亲，与黑暗融为一体，像一片不为人知的单薄的影子，贴着地面，缓缓蠕动。

母亲老了：晾晒的衣物忘了在下雨前收回，莫名其妙就弄伤了手脚，衣服上的扣子去向不明，做饭煳锅底的次数越来越多……有人说，这是阿尔茨海默病的前兆，的确，现在的母亲，有时候甚至分不清左手和右手。

唯一忘不掉的，是她的孩子。三个儿子，三颗骄傲的星星；三个女儿，三件贴心的棉袄。忘不掉孩子们的生日，大概她也知道自己的记性不佳，便在日历上找到那些日子，然后折起来，用以提醒自己。

除了儿女，母亲的口袋空空如也。

如今，儿女们如鸟一样飞远，母亲的桌上只有一双孤独的筷子。母亲，被冷落在遥远的炊烟里，一转身又是一年。

看到炊烟，就看到母亲了。我总是这样想，并习惯了这样去看每个人家的炊烟：炊烟缓缓，那一定是孩子们都在母亲的怀里，母亲用她的安详笼罩着孩子们的美梦；炊烟凌乱，那一定是孩子们迟迟未归，母亲牵肠挂肚，急得在院子里打转。

那时，我就是个喜欢疯跑的孩子，也是喜欢哭泣的孩子，满脸鼻涕的孩子。可是，母亲依然会毫不犹豫地把我抱起，毫不犹豫地、深深地吻下去。

一丝风也没有的时候，炊烟笔直笔直的，很像年轻时候的母亲，身材高挑，相貌出众，被村里无数后生偷偷地打量过。

可是一阵风就会将那笔直的身段吹弯，就像现在佝偻着的母亲。原来，炊烟也是会老的啊。母亲，用褶皱，用后半夜的一盏油灯，用老花镜，用哆哆嗦嗦的手，用手上的针线……爱着我们，却极力不发出声来。哪怕一声轻咳，都埋在一块柔软的巾帕里。

驼背的母亲，离土地越来越近。我担心有一天，她的头会低得触到地面，那是母亲的句号。如果上帝能听见我的祷告，我不祈求风调雨顺，不祈求红运当头，只求让母亲可以伸直了腰身，好好地伸个懒腰。

柴米油盐，是母亲这一生最亲密的事物。厨房是母亲的舞台，围裙是她的道具，锅碗瓢盆是她的乐声。即便在艰苦的日子里，母亲也总是认认真真地做饭，从来不对付。都说巧妇难为无米之炊，可是母亲却不一样——没看见她用了多少食材，却总能变着花样地做出许多可口的饭菜来。母亲在厨房里噼啪作响，把贫苦的锅颠得上下翻飞，把日子炒得香滋辣味。灶台底下的火焰，总是忍不住蹿出来为母亲鼓掌。

而从灶台下欢快地跑向屋顶的炊烟，是缠绕在母亲手上的戒指，一生都未曾褪下。因为，在母亲的指缝间，我总能闻到葱花的味道，家的味道。

所以，我家的炊烟是有着葱花味儿的炊烟。我家的炊烟也是最好客的炊烟，总是微笑的。或是点头，或是招手，欢迎你，挽留你。

纯白纯白的鸽子，大概觉得自己过于清高，离人世有些远，所以总是喜欢从那炊烟里穿过去，让翅膀沾染些人间的烟火气。

炊烟，就这样在我的目光里一股一股地飘散，又一股一股地升起。

今夜，我想念母亲。可是我无法回到她的身边，唯有希望故乡的风能轻一点儿，别把我家的炊烟吹得东倒西斜。因为母亲在炊烟里睡着，她累了，让她多睡一会儿吧，借着炊烟的暖。

母亲，今夜我们梦中相见。

别踩疼了雪

天空阴暗得仿佛是大地，大地晶莹得仿佛是天空。

我和女儿在焦急地等待着一场雪的降临。

雪，只在女儿的童话和梦境里飘过。我一直这样认为：没有触摸过雪花的女孩，永远做不了高贵的公主。我领她到雪的故乡来，就是要让她看看雪是怎样把人间装扮成宫殿、把人装扮成天使的。

带女儿来北方，就是为了让她看雪。因为我无法为她描述雪的样子，而她又是那么渴望见到它。

雪开始零星地飘起来，我和女儿激动得手舞足蹈起来！

它多美啊，轻盈、飘逸、纯洁，让人爱不释手，让人目不暇接。

女儿伸开手掌。但她马上发现，我们的手掌可以接住雪花，但雪花无法承受我们的爱意，在手掌心里只停留了那么一会儿，转眼就消失得无影无踪了。

但女儿并没有收拢她的手掌，她依然执着地积攒着手中的白色花瓣。雪渐渐大了些，女儿小心翼翼地捧着她的雪花，她说要把它带回去，在妈妈的坟墓旁边堆一个大大的雪人。

女儿的话深深触动了我。原来，女儿一直嚷嚷着要来北方看雪，真正的目的还是她的妈妈。

我不忍提醒她，我们永远也无法将雪花运到南方去。我总是提醒自己：孩子的心灵是最纯洁的一片雪地，在他们心灵上经过的时候，一定要小心、再小心，不要弄脏了孩子的世界，不要踩疼了他们的梦想。

女儿没有见过她的妈妈，在她出生的那一刻，她的妈妈便因为难产离开了我们。仿佛一切都有预感一样，在妻子的日记里，我看到了她写给自己未出生的孩子的信。她说：即使有一天她离开了人世，她的魂魄依然会陪伴在孩子的身边，春天她就是早上第一缕吻着孩子脸颊的阳光，夏天她就是那大树底下的阴凉，秋天她就会变成一朵朵云彩，冬天的时候她就会变成雪花……

每当女儿问我她的妈妈在哪里的时候，我就会对她说，你妈妈离开这个世界了，但她爱我们。春天的晨光，夏天的绿荫，秋天的云朵，冬天的雪花，这些都是你妈妈变的，她一刻都没有离开我们。女儿记住了我的话。在春天，总是太阳刚一露头就醒了，她说妈妈在唤她起床呢；在夏天，她总是习惯把书桌搬到那棵大树底下去做作业；在秋天，她总是趴在窗台上，托腮凝望天上的云。我知道，她在用她自己的方式怀念着母亲。

可是冬天，她找不到与母亲的联系了。因为南方没有雪。

这就是她要来北方看雪的原因啊！

雪花在天空跳舞！

天空阴暗得仿佛是大地，大地晶莹得仿佛是天空。

夜晚再黑，也压不过雪的白。

第二天清晨，女儿轻轻推开门，小心翼翼地踩出了一行小脚印。她对我说："爸爸，顺着我的脚印走，别踩疼了雪。"

那一刻，我看到全世界都是洁白的，包括人类的心灵。

星星会在什么时候哭泣

请允许她，像一朵花开一样慢，不，要像风雕刻一块石头那样慢。

　　米粒儿喜欢在临睡前趴着窗户看一会儿星星，有一天，她忽然问我："星星会在什么时候哭泣？"

　　到底是孩子的心啊，敏感、纯净。她能看出一颗星星的伤感，自然也能看出它的孤独。我一时不知道该如何回答她，只能提醒她该睡觉了。那天我给她讲的睡前故事是《夏洛的网》：

　　在一个农场里生活着一群动物。小猪威尔伯和蜘蛛夏洛在那里逐渐成了好朋友，但是小猪的命运就是在每天吃很多饲料被养肥之后，成为圣诞大餐上的一道菜。小猪威尔伯想改变自己的命运，它试着逃出农场，却没有成功过，这时聪明的夏洛想到了一个办法。夏洛用自己的丝在威尔伯的猪栏上织出"王牌猪""了不起""光彩照人"等字样。小猪威尔伯成了一个奇迹，镇上的人争相来参观它，它也渐渐成了家喻户晓的名猪了。它被农场主一家送到集市上参加大赛，不负众望获了奖，它将会在安逸中结束生命，再也不用担心被宰杀了。但是夏洛却因为织网耗尽了体力，产下了卵后就离开了这个世界。在夏洛临终的时候，威尔伯哭着问它为什么要为自己做那么多。夏洛说："你一直是我的朋友，这件事本身就是一个了不起的事。我为你结网是因为我喜欢你。再说，生命到底是什么啊？我们出生，我们活上一阵子，我们死去。一只蜘蛛，一生只忙着捕捉和吃苍蝇是没有意义的，通过帮助你，也许可以提升一点点我生命的价值。谁都知道我们活着该做一点有意义的事情。"

这是一个童话故事，带着所有童话故事那种美好不真实的外衣和太过伟大的动物主角。米粒儿哭了，她说从此再也不害怕蜘蛛了，并且还要和它做朋友，再也不会破坏它们辛辛苦苦织起来的网了。

米粒儿睡着了，可是她关于星星的问题却让我陷入沉思。

孩子是孤独的，而习惯了孤独的人，喜欢借着微弱的星光，安抚自己那颗孤独的小小的心。我看到她收藏了几颗光滑的小石子，用她的话说，那是她的小伙伴。在她的掌心，那么冰冷的小石子也有了温度。她给它们做小衣服，搭小窝棚，把一个个穿了衣服的小石子放进去睡觉，她在旁边守着，甚至用她小小的食指轻轻拍着它，哼着类似于摇篮曲的调子。小米粒儿与小石子，亲密无间。她说："小石子睡得好，明天早上醒来，肯定又会胖了一圈。"

总是担心孩子输在起跑线上，所以我们给米粒儿报了很多兴趣班，美术、英语、古筝、舞蹈……赶场一般，这头结束，那头开始，周而复始。

我看到那些穿着衣服的小石子，更多的是心疼。孩子没有玩伴，学习之余，只有这些小石子成了她最贴心的伙伴。

米粒儿总是执着于给一棵空心菜安装一颗心脏。傻孩子，去哪里得到一颗心脏呢？

"我的可以吗？"

"那怎么行？那样岂不是把宝贝弄丢了吗？"

"不会的，我就住在空心菜的小窝里。"

"你在里面，它就有心了，就不该再叫空心菜了。"

"那叫什么呢？"

"叫卷心菜吧。"

……

漫画家几米说过，大人是由婴儿变成的，所以世界总是动荡不安。小孩闭上眼睛，看见花，看见梦，看见希望。大人闭上眼睛，睡着了。

辛弃疾有诗云："最喜小儿亡赖，溪头卧剥莲蓬。"人世间最美的画面，莫过于一颗稚嫩干净的心，做着最简单的事情。在我们为自己的圆滑世故而自鸣得意时，殊不知我们正在失去的，是最宝贵的童真和清澈。如果可以，我愿女儿永远是那个无忧无虑、卧剥莲蓬的孩童，少一些俗世的脂粉气，多一些自然中的清新。

按照米粒儿的喜好和意愿，我果断砍掉了她的几个兴趣班。我想，如果她的童年没有属于自己的回忆，那就是一个消失的童年，一个毫无养分的童年，她的一生都将因此而缺钙，亦缺少独有的那份清澈和芬芳。

请允许她，像一朵花开一样慢，不，这还是有些快了，要像风雕刻一块石头那样慢。我想和她看云，看树：听一朵云问，一朵云答，讨论着宿命；听一棵树唱，一棵树和，讴歌着永恒。

我推着她在巨大的秋千上荡着，一会儿离天空近一点，一会儿离大地近一点。我们手里没有灯笼，但是并非空空如也，只要我们认真地摊开手掌，就会有风，也会有蝴蝶，再幸运一点，还会有星星，落上来。

如果星星是鸟儿，那么黑夜就是一丛丛的树枝。一颗星星与另一颗星星，靠黑夜来连接彼此。夜里，你可以把整个天空看成是一口黑暗的大锅，里面烹煮着星星。整个银河，就是一锅星星汤。有人说，看，那么多星星，在银河里挣扎，有人说，看，那么多星星，在银河里玩耍。

想起蒙塔莱的诗："也许有一天清晨，走在干燥、透明的空气里，我会转身看见一个奇迹发生：我背后什么也没有，一片虚空在我身后延伸，带着醉汉的惊骇。接着，恍若在银幕上，立即拢集过来树木房屋山峦，又是老一套幻觉。但已经太迟：我将继续怀着这秘密默默走在人群中，他们都不回头。"

我的牵牛花，有一双迷惘的蓝眼睛。小米粒儿问我："牵牛花牵的那头牛在哪里？为什么一朵花里要有一头牛呢？"

见我无语，她便自问自答："我猜，一定是蜗牛吧，不然，小小的花苞里，怎么装得下一头大水牛呢？"

　　女儿，你是世上最小的花匠。也是我心头永不枯谢的那朵花，无论被谁采摘，你都永远是我的小公主，来自更大的花冠，来自更纯洁的露水。

　　如果世界像童话一样，那该多好啊，每个人都可以津津有味地去阅读。

　　"星星会在什么时候哭泣？"如果米粒儿再一次问起这个关于星星的问题，我想，我已经知道了答案——

　　"当我们不再抬头看它们的时候。"

心有牵挂，爱才会扎根

被母亲牵挂着，我不担心自己会走丢。

小时候，喜欢玩捉迷藏的游戏，藏到一个很隐蔽的地方，自鸣得意。小伙伴们找不到我，就放弃了，结束了游戏，而我浑然不知。天黑了，我害怕了，找不到回家的路了。

正害怕着，远远就听见母亲在大声唤着我的小名儿，我大声地应着，如同鸟儿归巢般向母亲的方向飞奔而去。

被母亲牵挂着，我不担心自己会走丢。

母亲一辈子朴实，没做过什么出彩的事儿。她太过宠溺我们，所以对我们的学习也抓得不紧，始终是一副听之任之的态度。我们这几个儿女长大了也都没有做出一点出彩的事情来。要说母亲最值得我们称道的一件事，就是一天三顿饭很是应时，从不糊弄。为我们的健康构筑了一道屏障。

母亲总是天还没亮就起床为我们做饭，这习惯坚持了一辈子。记忆里只有一次例外，是因为母亲生病发了烧，父亲没让母亲起来做早餐，让她好好休息，结果我没吃饭就去上学了。刚上课没多久，我就饿得肚子咕咕叫了，没办法，也只好忍着。让我没想到的是，第一节课刚下课，我就看见脸色惨白的母亲给我送来了饭盒。母亲还病着，虚弱得很。母亲说她和父亲磨叨了一早晨，惦记我没吃早饭，这一上午得多难受啊。让父亲给我送饭，父亲不来，说一顿不吃饿不死人的。可是母亲的心一秒都不安生，趁父亲不注意，就偷偷溜出来给我送饭。

有母亲的牵挂在，即便饿着，心亦充盈。

成家之后，住进了城里。母亲在乡下，几乎每天都要打电话来，问一些琐事，牵挂的心就像不灭的灯笼，始终亮着。

母亲说，城里人吃的肉都是打了激素的，城里人吃的菜都不是绿色的。这样下去，迟早会吃坏了身子。母亲不放心，就会时不时地给我们送来一些自己种的菜来。

那些都是没上过化肥的小园菜，母亲让我们放心吃。

我说："大老远的你拿那些东西干吗，不嫌累啊。"母亲笑着说："不一样的。"

"能有什么不一样呢？这么多的城里人，天天吃着城里的菜，不也都活得好好的吗？"

母亲只是笑，不和我争辩。我把头天买的个头硕大、光鲜可人的蔬菜和母亲拿的菜放到了一起，城里的菜是趾高气扬的，而母亲拿的菜就像乡下来的孩子，低头缩脑、大气不敢出的样子。可是第二天早上就完全变了一番境遇。城里的菜一个个萎靡不振，昨天还粗壮无比的豆芽，变得如同牛毛一样细，就像被打回了原形的小妖。原来那点神气都是用气儿充起来的。而乡下的菜却和昨天一样精神抖擞。还真是不一样啊！

母亲说，人和这菜有时候也是一个理儿。有些人的精气神儿是装出来的，有些人的精气神儿是骨子里的。还是多吃点儿乡下的蔬菜好。

母亲的牵挂，就是我生命里的钙、盐和维生素，让我时刻充满了精气神儿。

母亲到了晚年，我们的角色一下子来了个互换，常常走丢的变成了母亲，而寻找的变成了我们这些儿女。

有一次，去公园散步的母亲迟迟没有回家，天已经黑了还是不见踪影。母亲有些阿尔茨海默病的症状，偶尔就会犯病，大脑瞬间短路，什么都记不起来了。大家都很着急，分头去找。可是找了很久都没找到。临近半夜的时候，派出所打来电话，让我们去接母亲。犯了阿尔茨海默病的母亲却记住了我的电话号码，让我很是惊讶。

母亲过后说，犯病的时候什么都忘了，可是不知道为什么，当民警问她我的电话号码时，竟然一下子就说出来了。我知道，那是因为母亲给我打的电话次数实在是太多了，那几个数字已经牢牢地印在她的脑海里，即便是犯病，也无法把它们抹掉。那一串简单的数字，是母亲深深的牵挂。

小时候，母亲常常对我说，一个人，有了牵挂，就有了根，就不会走丢了。当时有些不大明白，现在终于体会到了。牵挂是母亲心里最亮的一盏灯笼。心有牵挂，就永远不会走丢。

心有牵挂，爱才会扎根。

有情众生，
来来往往

这样的一个人，他看得见一只狗的寒冷，
听得懂一朵花的呓语，看得出哪一棵树得了胆囊炎，
分辨得出哪一朵云怀了宝宝，
猜得到哪一块石头可以飞起来去捕食……
他以一个病人的姿态给人世号脉，
却十分精确地诊出这个世界，病的深浅。

给人世号脉的人

他以一个病人的姿态给人世号脉，却十分精确地诊出这个世界，病的深浅。

他有些邋遢，衣服破旧不堪，如同一个乞丐。可是他并不乞讨。他骨子里有一种骄傲，从他挺拔的身姿上可以略见一二。他的头发很长，枯草一般覆盖在他不大的脑袋上。整体上看，他的灰色气息太浓，唯一鲜活的，是他那双流淌着泰戈尔诗句般的深邃和忧郁之美的眼睛。

他是拘谨的。他不擅长与人交流，别人和他说了很多话，他只是"嗯"一下，点点头表示肯定，或者摇摇头表示否定，从不多说一句。快四十岁的人了，还经常会把手指放到嘴边，啃上面的老皮，偶尔抬一下眼，也是显得疲惫又不耐烦，似乎在用自己的表情下着逐客令——拜托！我早就听不进去啦！

他又是欢快的。遇到能与之交流，或者说灵魂上相契合的人，他会滔滔不绝，谈兴甚浓。在一缕阳光下，你甚至能看到他嘴角喷出的唾沫星子，以及眉飞色舞的夸张神情。

他是孤独的。有时候，他盯着一面墙，一动不动。走近看，才知道他盯着那上面的一只瓢虫，瓢虫一动不动，他也一动不动。那种灵魂的交流，无人能懂。

他又是活泼的。他拿起一颗石子打水漂。他翻来覆去地查看一片落叶，想知道落叶的脉络里藏着怎样的秘密。他逗弄一条流浪狗，满怀慈爱地把自己的盒饭拨出来一半给它，狗的尾巴摇得像拨浪鼓，在他的两腿间穿来穿去。

他充满怜悯地看着那个盘坐在地上的断腿小乞丐，犹豫了一下，把自己吃晚饭的钱都给了他，可是转眼就看见那个小乞丐伪装的丑陋——竟然站了起来，拿起自己行乞的行头飞奔而去！他爆了粗口，可是随即给了自己一个耳光，说："不应该！不应该！"

他是一个矛盾体，一边埋怨着阳光不肯普照，一边无比珍惜地热爱着人间万物。他会为一个罪大恶极的坏人得到处决而拍手叫好，也会为一个好人受到冤枉而痛心疾首。他木讷又有趣，如果你能真正走进他的内心，他将会和你结伴而行。

他为我读过一首题为《流浪汉》的诗：

　　在春天的马头山脚下的沟渠里
　　一个流浪汉
　　搂着一个塑料模特在睡觉
　　仿佛是一个饿极了的孩子
　　春风先是小口小口地吹着

后来就突然大了

树叶铁皮样哗哗作响

花瓣魔幻般纷纷飘落

可怎么也无法将他吹醒了

模特的脸，开始是笑着的

慢慢地，生出了无限怜悯——

在一般人看来，这个流浪汉是猥琐的，那么下作的举动，死都换不来别人的同情。可是他却看出了里面的美好。剔除荷尔蒙之后，他相信我们也会被深深地打动。

这样的一个人，他看得见一只狗的寒冷，听得懂一朵花的呓语，看得出哪一棵树得了胆囊炎，分辨得出哪一朵云怀了宝宝，猜得到哪一块石头可以飞起来去捕食……他以一个病人的姿态给人世号脉，却十分精确地诊出这个世界，病的深浅。

这样的一个人，有人叫他神经病，有人叫他——诗人。

老怪的温暖

这些，我应该想到的，但凡沉默的人，心里都藏着一个巨大的苦楚。

我把老怪从火里救出来，所幸他只是受了一点皮外伤。许是过于疲累，他竟然趴在我的后背上睡着了，他的鼾声里混合着汗水，有一股父亲的味道。

老怪的真名无人知晓，只因为他行为古怪，所以邻居们都叫他老怪。

老怪孤身一人，没有人知道他从前经历过什么，他沉默寡言，自打十年前搬到这里，他的院子几乎没有外人来过。最开始，邻居们还和他打打招呼，可他冷着脸，从没露过一次笑容。时间久了，邻居们也就对他敬而远之了。

半夜里，时常会传来他的哭声，有时候动静小些，有时候动静大，号啕起来，令人瘆得慌。这取决于他酒喝的多少，酒喝得多，哭声也就借着酒劲儿，直冲云霄。

他守着自己的房子，除了偶尔买点米面粮油日用品之外，很少出去走动。穿着多年不换的一件中山装，像一块缓缓移动的抹布，擦拭着锈迹斑斑的日子。

他养着一些不开花的花，那些花如他一般，不发一言，他喜欢对着它们，一坐就是小半天。

他在院子里辟出一块菜园，种了各种各样的菜，自己吃不了，也无人可送。他发现小松鼠特别喜欢吃面瓜，他就多种了些。小松鼠在他的院子里来去自如，他乐于看到它，它是他的客人。

他在院子里撒粮食，为了引鸟儿来，让院子多一点生机。

有一天，一个人影闯进他的菜园，那是一个月光明亮的夜，那个人鬼鬼祟祟地摘着他的蔬菜。他掀开窗帘的一角，看得一清二楚，他不发出一点声响，他怕惊动他。

那个人就是我，我是后来才知道他的这些古怪脾性的。又一次作案的时候，他忽然就出现在我的身后，吓得我一屁股坐到地上。

那时我十四岁，个头虽然不小，但毕竟还是个孩子。我惊恐地看着他，大脑一片空白，不知道他会对我施以怎样可怕的惩罚。然而令我感到意外的是，他非但没有动怒，还友好地把我拉起来，往我的怀里塞了两个大大的西红柿，说："把这个也带上，都熟透了。"

"你是说，你让我把这些菜都带走？"我不敢相信眼前的事实。

他点点头，说道："其实你每一次来，我都看得清清楚楚，只是没惊动你罢了。"

"你辛辛苦苦种的菜，我偷走了，你就一点都不怪我吗？"

"没有人到我的院子来，所以，不管你来做什么，我都是高兴的。"

还真是奇怪呢！我心里直犯嘀咕。

"好了，孩子，别瞎想了，拿着你的菜回去吧。"他说道，"不过我有个要求，你以后要经常来我的院子玩儿。我的菜，你随便摘。"

竟然还有这样的好事儿啊！我自然是欢天喜地地应了下来。

从那以后，我就经常来他的院子，他依旧还是不爱说话，要么蹲在墙根儿修修锄头，要么坐在那里发呆。他的沉默并不妨碍我撒欢儿，一会儿去摘个黄瓜扭，一会儿去摘俩柿子，课本摊在他院子里的一张石桌上，为了防止太阳晒，他还特意给我弄了一把大伞，遮挡在我的头上。

邻居们很好奇，这怪老头，怎么就喜欢这个孩子呢？

我们俨然成了忘年交。

偶尔，老怪和我念叨一些以前的事情，我也不感兴趣，听着稀里糊涂的，听着听着就睡着了。但讲的次数多了，他一生大致的轮廓也在我脑海中延展开来——他曾经也是很幸福的人，一家三口其乐融融，可是妻子忽然就得了大病，他拼尽了所有也没能把她抢救回来，他也有过一个孩子，和我差不多一般大，不过在八岁那年在河边玩耍不小心溺水而亡……

这些，我应该想到的，但凡沉默的人，心里都藏着一个巨大的苦楚。

回去和父母说起他，父母感叹他是个可怜的人。再去的时候，让我带了一只小狗，那是我家的狗新下的崽儿。

他终于咧开嘴笑了，那是我第一次看到他的笑脸，他说他很喜欢这只小狗，小家伙胖嘟嘟的，他就叫它"嘟嘟"。

从那以后，他就与这只狗"相依为命"。他宠着这只狗，像宠着自己的孩子。什么好吃的都可着它来。我都有点嫉妒这只狗了，没有它之前，那些好吃的，都归我，现在，这家伙和我分享了，我的美味少了一半。

两年之后，我要去县里读高中，临走时与他告别，他没说什么话，只是机械地点点头，他故意将眼睛看向别处，我在他的眼梢里看到了落寞。我知道，我的离开会让他又一次归于沉寂，他一直都住在孤独里，那是他生命里无法逾越的冬天。

假期去了他家，看到他仿佛又老了许多，背驼得厉害，还一个劲儿地咳嗽。

"嘟嘟呢？"我问。

"死了，你走之后不久就死了，不知道是谁，给它吃了掺了耗子药的肉包子，唉，可怜了我的嘟嘟。"我隐约看到了一滴浑浊的眼泪，在他的眼角，滴落下来。老天如此不公，连一只陪伴他的小狗都要夺走。

"我就是个灾星，谁跟我在一起都没好结果。"老怪轻声嘟囔着，声音飘起来，像一块破布被风吹出好多个洞。

　　从那一刻起，我忽然有了一个坚定的想法，我想做一缕春风，拼尽全力也要吹进他的心坎，融化他体内的坚冰。

　　回到家，我和父母说了我的想法——认老怪作干爹。

　　父母起初倒是有些不同意，他们认为这么一个孤苦老头，认了只会是一桩赔本的买卖，可是看我如此坚决，也就不反对了，"也怪可怜的，以后就多照顾照顾他吧"。

　　那天晚上，我就梦见老怪笑得跟花卷一样的脸，那是真正发自内心的笑，属于春天的笑，满世界都仿佛涂抹着红晕……

　　"着火了！"我被父母的喊叫声惊醒。是老怪家，火势凶猛，愈演愈烈。

　　我不顾一切冲进火海，背起老怪就往外跑，他在我背上干咳了两声，他告诉我，是他自己放的火！我又气又急，还真是一个不折不扣的怪老头！可是我却不忍心责怪他，他说他看见老伴儿领着孩子回来了，说屋子太冷，就不停地添柴火，不停地添……

春天的魔法师

他再一次抬头看了看太阳，太阳很刺眼，但他没有躲避，他忽然想用阳光来取取暖。

他是一个酒鬼，人人都像躲避瘟神一样躲着他。越是躲他，他就越是讨人嫌，不是敲敲你家的门，就是拍拍他家的门，再猛吼几嗓子，搅得人家鸡犬不宁。

他在人们鄙夷的神色里缩着身子，苟延残喘地过活。

他是生活中的不幸者，妻子出车祸，孩子得了重病，双双离他而去，他每日里只能借酒消愁，每一次都酩酊大醉。他清醒的时候很少，或许他最怕的就是清醒，回忆要漫上来的时候，他就用烈性的酒把它们压下去。

他怕回忆，因为他的回忆里都是鲜红的血泪。

曾经，他是一个酒吧的歌手，充满激情地歌唱生活，歌唱爱情，歌唱所有打开窗子后扑面而来的事物，然而，自从悲剧发生之后，他的世界里再没有了歌声。曾经被他视为生命的嗓子，他也不再去爱护，那些烈性的酒烫伤了他所有附着音乐的神经。

他的心底，早已没有了歌。

没有人和他说话，所有人都躲着他，包括满巷子奔跑的孩子。大人们告诫说，小心他耍酒疯，会打人的。孩子们便都很怕他。

他寡言少语，他的院子死气沉沉。他和我同龄，看上去却像我的长辈。

春暖花开的一天，小外甥的皮球掉进了他的院子里，不敢去拿，平日里从不和他说话的小外甥没有办法，硬着头皮冲他的屋子喊道："爷爷，爷爷。"他半醉半醒地从屋子里探出头来，不大相信有人叫他。他使劲揉了揉眼睛，确认了小外甥在叫他爷爷时，满脸堆笑，问小外甥有什么事情。小外甥说："爷爷，你帮我把球捡回来好吗？"他乐颠颠地跑过去把球捡回来，竟然隔着栅栏在小外甥头顶做了一个灌篮的动作，还滑稽地冲小外甥做了个鬼脸。"谢谢爷爷，"小外甥接过皮球，对他说，"他们都说你可怕，可我看你一点都不吓人。"然后快乐地跑开了。

他在那里怔怔地呆立了很久，忽然抬头看了看太阳，太阳很暖，他却打了个冷战。

他把自己沉在谷底太久了，一直都冷。

他再一次抬头看了看太阳，太阳很刺眼，但他没有躲避，他忽然想用阳光来取取暖。

他一点都不吓人。在那个春天，小外甥到处为他辟谣。渐渐地，到他院子里来玩的孩子越来越多。小外甥领着伙伴们常常一边玩耍一边帮他打扫卫生，当然，他院子里最多的垃圾是酒瓶子。

　　他在院子里做了个很简陋的篮球架子，他就坐在门口看着孩子们在那里玩着投篮的游戏，不自觉地，他轻轻哼起了歌谣。很久没有唱歌了，那些音符怯生生地从他的嗓子里蹦跳出来，虽然有些沙哑，旋律却依然很美。

　　这突如其来的变化让邻居们都很吃惊，更让人吃惊的是，他竟然摔掉了所有的酒瓶子，他说他要戒酒，他要保养嗓子，他要重新去唱歌。于是，每个清晨，每个黄昏，都能听到他动听的歌声，虽然也有哀怨，但音乐的光环笼罩着他，那些快乐的音符在慢慢分解他的忧伤。

　　在那个简陋的篮球架下，他为孩子们举办了一次小小的个人演唱会。他不停地唱着，孩子们不停地为他伴舞，为他鼓掌。邻居们也过来凑热闹，他的院子热闹极了，门庭若市，莺歌燕舞。那天，他刮了胡子，穿上了漂亮的演出服，清清爽爽的一个人，他真的还很年轻。小外甥有些不大相信自己的眼睛，这还是那个爱耍酒疯的爷爷吗？

　　"当然不是，"我点着他的头说，"你应该叫他叔叔。"

　　"可是他怎么一下子变年轻了呢？"小外甥依然不依不饶地问。

　　"因为有魔法师啊。"我笑道。

　　"哪一个是魔法师？"

　　"春天、爱、阳光和歌声，所有一切滋润心灵的事物，当然还有你，我可爱的孩子。"

一块煤的热量

它们不仅温暖了那一个冬天，还温暖了一颗僵硬的心。

那个冬天很冷，世界仿佛被冻僵了。

邻居是个租户，一个离婚男人，带着儿子一起过。男人没有文化，只能扛着个大板锹去蹲站点卖苦力。

男人没钱买煤，只好上后山去砍柴烧。下了大雪，很难找到干柴，他就扛了些很粗的树根回去。因为柴火湿，冒了一屋子烟。满屋子只有炕头巴掌大的地方是热的，孩子就坐在那巴掌大的地方，摆弄他自己最喜欢的玩具。那些大小不一样的积木，都是别人不要的，他一个个积攒下来。他用这些大小不一样的积木搭一个房子，他说要盖一个不用在屋子里戴帽子就很暖和的大房子。

母亲心软，总想找借口接济一下他们，可是男人却从来不肯接受我们家的施舍。转眼到了年根，家家户户都忙着置办年货，男人照例每天都空着手回来。别人家的孩子已经开始零星地放鞭炮了，他的孩子却只能眼巴巴地听着别人的快乐在空中炸响，眼巴巴地看着别人的幸福在夜空绽放。男人看出孩子的心思，买回来了一小串鞭炮，孩子蹦得老高。孩子不舍得放，一个个拆下来，每天男人走的时候他放一个，他说给爸爸送行，男人回来再放一个，他说给爸爸接风。那些淘气的孩子就经常过来嘲笑他，说他的炮像放屁，要个没个，要响没响。就拿出他们的鞭炮当着他的面放。这个时候，我的母亲就会跑出来把那帮孩子撵跑，心疼地搂着他，顺道往他的口袋里揣进去几颗糖果。孩子不舍得吃，说是要和爸爸一起吃。天气冷，母亲让孩子在我们家住下，孩子不肯，他说要回去给爸爸焐被窝，"爸爸一个人住，被窝里会很冷的"。

半夜的时候，父亲说好像有人在偷我们家的煤，说着就要提着手电出去查看。母亲把父亲拽了回来，说："让他烧点吧，一定是三九天，冷得受不了，怪可怜的！"

第二天，母亲果然看到煤堆上少了些煤块，但不是很明显，应该是很少的几块。男人经过的时候，就有了些很不自在的感觉，匆匆打了声招呼就从母亲身边溜了过去。母亲叹了口气，把煤堆仔细翻了一遍，把一些大大小小的煤块都放到了上面，她想这样更适合他来"偷"。

果然，一连几个夜里，男人都过来偷煤。本来我们一直是住东屋的，母亲偏偏让我们搬到西屋来住，为此，父亲专门搭了一个炉子，把西屋烧得很热。母亲解释说，这样我们与隔壁的这面墙就会暖和些，多少也会让那边少些寒气。

大年三十那天，男人拎着几个鸡蛋和几条窄窄的刀鱼回来了。那是他所有的年货，他说要给孩子做点好吃的。

三十晚上，我们拿着大串的鞭炮要"接神"，母亲把隔壁的孩子喊了出来，和我们一起放鞭炮。我和姐姐还把自己的"魔术弹"交到他的手里，让他举着来放。孩子高兴极了。接完神，父亲对男人说："过来一起吃年夜饭吧，陪老哥喝点酒。"拗不过父母的一再相劝，男人就和孩子过来了。不忘端着他做的那盘刀鱼。喝了些酒之后，男人就有些醉意，很不男人地流了眼泪，开始向我们忏悔他"偷煤"的行为。父亲说："冬天总是要烧些煤的，你那个屋子墙皮薄，只有煤的热量才能抵得住那些冷气。大人倒好说，总不能把孩子冻坏了。要烧煤就过来撮，这个冬天太冷，咱们一起挨，总会挨过去的。"

一块煤到底有多高的热量，男人心里清清楚楚。它们不仅温暖了那一个冬天，还温暖了一颗僵硬的心。就像这刚刚喝下去的烈酒，在心底火烧火燎的，把整颗心都点着了。

月亮是妈妈的枕头

她想给妈妈一个温暖的枕头，却被我无情地夺走了。

　　拗不过一个老师朋友的再三请求，我这个"知名作家"只好临时客串，给她的学生们上了一堂作文课。为了激发孩子的想象力，我做了三张卡片，上面分别写着：落叶、微风和弯月。我想让孩子们用尽可能多的词汇来比喻它们。卡片在孩子们手中快乐地传递着，仿佛在传递一个快乐的消息。他们浮想联翩，各种各样的比喻层出不穷，卡片上密密麻麻地写满了孩子们天真的想象。

　　我拿着那充满童稚的卡片，一张张读下去，"落叶是秋天的信笺""落叶是冬天的请柬""微风是我在夏日午睡时，外婆手中轻轻摇动的扇子""弯月是被嘴馋的天狗咬了一大口的月饼"，读到这些精彩的句子时，我都会让写下这个句子的那个孩子站起来，顺便夸赞他们几句，满足一下孩子们小小的虚荣心。孩子们活跃极了，给予那些写出了精彩句子的同学长时间的掌声。这堂作文课既生动又活泼，比我预想中的效果要好。在旁边听课的朋友也偷偷为我竖起拇指，对这堂作文课很满意。读到最后，我

146

的眼睛一亮，被一个更为新颖的比喻吸引了："弯月是妈妈的枕头。"虽然新颖，但我认为这个比喻句不大贴切，为什么单单是妈妈呢？我这样问的时候，那个叫陈露的小女孩站起来，涨红了脸说："妈妈累的时候可以枕着它好好睡上一觉。"我说："不如改作'弯月是上帝的枕头'，因为上帝在天上，离那个枕头更近些。"我和她开着玩笑。她没表示赞同也没表示反对，依旧涨红着脸，好像是要为自己辩解，却欲言又止。我便借题发挥，让同学们来评断这两个句子哪一个比喻得更贴切一些。同学们立时乱作一团，叽叽喳喳地开始评判，或许是孩子们慑于老师的权威，最后一致认定"上帝的枕头"更为贴切。

"那枕头是妈妈的。"这是我听到陈露唯一声若蚊蚋的辩驳，在孩子们的喧嚣里，显得有些纤弱无力。

下课后，朋友对我说："陈露的那个比喻句是有根据的，因为她的妈妈就在天上。从她一生下来，她的妈妈就去世了。"我无比惊讶："那你为什么不早点提醒我？"我埋怨着朋友。

"可是陈露不想让同学们知道她是一个没有妈妈的孩子。"朋友说，"上学第一天她就偷偷和我拉钩，让我为她保守秘密。现在，还整天和同学们炫耀自己的妈妈是世界上最漂亮的妈妈呢。"

我懊悔不已。我犯了一个多么大的错误啊！"弯弯的月亮是妈妈的枕头"，回头重新想想，这个比喻句是多么贴切！妈妈在天堂里，不是正好可以枕着那轮弯月吗？那枕头是妈妈的。我的耳边一直回荡着她为自己辩驳的话。这里面裹着一颗多么执着的爱着妈妈的心啊。我仿佛看见，她正捧着妈妈的照片，委屈地掉着眼泪。她想给妈妈一个温暖的枕头，却被我无情地夺走了。我给孩子那颗固执又柔软的心，泼了冷水，造成了怎样的伤害。

"明天让我再给孩子们上一节作文课吧。"这一次，变成了我对朋友的请求，"我要给孩子们好好讲讲月亮，这个枕头本就该是妈妈的，上帝，请先靠边站。"

母亲的病友名单

那一堵生命的墙，忽然就裂开了一个缺口。

母亲在肿瘤医院住院期间，认识了一些老姐妹。这些癌症患者经常在一起讨论各自的病情，时间久了，慢慢建立起一种相依为命的情感。临回家的那天，母亲与那些病友相互都留下了各自的电话号码。

母亲眼神不好，回来后让我把那些电话号码工工整整地挨个儿抄下来。长长的一排，算上母亲自己，一共十二个危在旦夕的生命。

从此之后，家里的电话忙得不可开交，几乎每天都有母亲的病友打来的电话，她们互相询问着病情，嘘寒问暖，相互鼓励，俨然成了天底下最知心的莫逆之交。

我真担心，如果有一天，那电话不再响起，母亲该会有多难过。

母亲每天都会守着电话，害怕错过每一个病友的问候。我对母亲说："电话上面都是有来电显示的，如果谁的电话没有接到，我们给拨回去不就行了吗？"

母亲说："不一样的。如果我当时没有接，她们会担心我先走了，会难过的。"

我们决定给母亲买个手机，这样母亲就可以随时随地接听病友的电话了。我把那十一个人的号码挨个儿存进了母亲手机的通讯录里，仿佛存进去一笔巨额财产。

那是一群在死亡线上挣扎着的人，她们共同筑起了一道生命的墙。

这让我想起了"辛德勒名单"，不仅仅是母亲，那里的每一个人都有那样一本通讯录，那是她们要从死神手里抢回来的生命名单，每个人都是另一个人要拯救的对象。

起初，母亲是悲观的，在治疗上也不大配合我们，总认为自己迟早会死，往自己身上花钱是浪费。我们用尽了各种办法使她振作，领她去听二人转，鼓动她参加秧歌队，可是都无济于事。后来，我们发现每次只要母亲和那些病友通过电话之后，就会变得开朗许多，心情舒畅。

所以，我们为母亲的手机多备了几块电池，保证母亲的手机一天二十四小时开着。一部小小的手机，分分秒秒传递着生命的讯息。

杨姨是十二个人中最乐观的一个，其实也是病情最为严重的一个。她的癌细胞已经扩散到了全身。但每次母亲在情绪低落的时候打电话过去，杨姨都会兴高采烈地给母亲讲一些她的"奋斗"经历。每次通过电话后，母亲都会开心好一阵子，因为生命又有了新的希望。

又一个阴雨天，母亲疼得厉害，心情变得很坏。我们赶紧替她拨通了杨姨的手机，杨姨爽朗的声音很快传了过来："喂，你好啊。我知道你是我的老姐妹。告诉你一个好消息，昨天去医院复查，医生说我的癌细胞控制住了，活个十年八年的不成问题。我现在忙着打太极呢，不和你说了。改天再聊吧！"杨姨的话像连珠炮一样，没等母亲问什么，那边就挂断了。虽然母亲没说上什么话，但知道自己的病友又多了一次战斗胜利的捷报，心里顿时敞亮了很多，感觉身体也不那么疼了。

直到有一天，母亲打电话给杨姨，这次换成一个年轻人接的。他说："我妈妈去世已经半年了，她在临终前几天让我们替她在手机里录制了几段录音。告诉我们不要关机，免得你们打不进来电话。"说到这儿，年轻人有些哽咽，"阿姨，我不能再瞒着您了，这半年来，你们听到的，都是我妈妈的电话录音……"

挂了电话，母亲的手开始抖了起来。母亲拿过那本通讯录，用笔轻轻地把杨姨的名字圈了起来。那一堵生命的墙，忽然就裂开了一个缺口。我听到母亲喃喃地说着："他杨姨啊，你先走了，等些日子，我去陪你。"

我们的心跟着凉了。母亲一直依赖着的希望没有了，她的心会不会就此沉进谷底呢？

结果完全相反，母亲的做法让我们所有人都感到惊讶。一辈子没跳过舞的母亲，让我们替她报名，她要参加秧歌队！

穿着大红大绿的母亲，样子很滑稽，扭秧歌的动作也很生硬，但不管在晨曦里，还是夕阳下，我看到的母亲都是最美丽的。我知道，母亲不仅仅是为她自己活着，她在为她的亲人们活着，也为那些"辛德勒名单"上的病友而活着，就像杨姨一样。哪怕让她们多活一天，都是一次成功的救援。

病情又一次严重的时候，母亲虚弱得很，额头上沁着大颗大颗的汗珠。这个时候，母亲的手机响了，我们知道，肯定又是病友打来的。母亲颤巍巍地接过手机，看了看那个电话号码，马上示意我们静下来，然后清了清嗓子，用比平常高了八度的声音对着电话欢快地喊道："喂，老姐姐，你好吗？我啊，我好着呢，刚刚扭完秧歌，你看把我累的，气喘吁吁啦，哈哈……"

我们含着眼泪听着母亲在病床上撒谎。我们知道，杨姨走了之后，母亲终于成了那堵生命的墙上，那一块最坚强的砖。

给痛苦一个流淌的出口

悲剧就是撕开伤口给人看，这些流经生命，又从生命中渗漏出去的水，可以酿酒，可以醉人，可以醒世，可以洗心。

但丁在《神曲·第十三歌》中写道："哈比鸟以它的树叶为食料，给它痛苦，又给痛苦以一个出口……"受啄是痛苦的，却给了原有的痛苦一个流淌的出口——以皮肉之苦来释放内心的痛苦，痛苦之深可见一斑。

在危地马拉，有一种叫落沙婆的小鸟，要叫七天七夜才下一只蛋。由于鸟类没有接生婆，所以难产的落沙婆只有彻夜不停地、痛苦地啼叫。可恰恰是因为这痛苦的七天，使蛋壳变得坚硬，小落沙婆孵出后也更硬朗，这便是一个母亲经历七天痛苦所换来的一个孩子健康的明天。而那彻夜不停的哀啼，是落沙婆在用另一种方式释放肉身的痛苦。

我认识一个中年男子，魁梧黑壮得像个铁塔。他是一名音乐老师，在一所不甚知名的学校里，教小学生最基本的乐理知识，领着孩子们唱天真的童谣。在一间间教室里，他背着一架用了许多年的手风琴，像一只蜜蜂一样欢快地飞着。当童稚的歌声从那样一个大男人的胸中迸出，模样真有些滑稽。他的学生是那样真诚地爱着这个同他们一样纯真的老师，爱着他的快乐无忧。

直到有一天，学生们看到了让他们难以想象的情景：音乐老师领着一个比他自己还要高些的大男孩，在操场上吹七彩的泡泡。那个大男孩有十七八岁的样子，可他咧嘴笑的时候，脸上写满了三四岁孩子的快乐，透着怪异，与众不同。

大男孩是音乐老师的儿子。他出生的时候，也是一个白胖粉嫩的可爱孩子。当他蹒跚学步的时候，音乐老师用音符为儿子的步履伴奏。可是孩子长到三四岁以后，身体发育日益强健，智力的脚步却停滞不前。几乎没有父母会平静地面对这种情况——孩子是一个先天性弱智儿童，他的智力水平永远只有三四岁。

本来英俊硬朗的音乐老师在得知这个结果的时候，一下子被抽干了心头的水分。可他必须面对那个只能在三四岁的日子里快乐玩耍的儿子，在自己心中时时滴血的时候，作为父亲，他得让那个孩子像其他孩子一样快乐。

音乐老师为此付出了多少辛劳，外人是无法得知的。但是，即使上了一天的课，累极了，也被不听话的学生气极了，音乐老师只要望向自己的孩子，眼眸里一定会开满温情的花朵。

在那个弱智的孩子快乐成长的日子里，音乐老师也以快乐面对着这一切。有人说他曾号啕大哭过无数回，可他的笑脸总会与朝阳一起升起；学生们说音乐老师会在领着他们唱歌的时候，双眸中就慢慢噙满莹莹的泪光，然后到走廊独自站一会儿，回来的时候，又会张开双臂，对着他的学生们热情地说："来吧，孩子们，让我们再唱一遍《欢乐颂》！"

音乐老师的内心是痛苦的，但是他找到了让痛苦流淌的出口，他像一棵每天都要挨一刀，每天都要愈合伤口的橡胶树，用爱不停地释放着自己内心的痛苦。

古希腊一位诗人说："我身上有无数个裂缝，到处在漏水。"这是关于悲剧的最有力的诠释。悲剧就是撕开伤口给人看，这些流经生命，又从生命中渗漏出去的水，可以酿酒，可以醉人，可以醒世，可以洗心。这些痛苦使躯体千疮百孔，却让灵魂得到了升华。

一只蓝色鸽子的忧伤

那只鸽子是蓝色的，天空和大海的颜色，自由的颜色。

他被遗弃的时候，大概四岁的光景。那是个凛冽的冬天，风长了牙齿，要吃人的样子。茂祥老汉是在公园的长椅上捡到的他，当时的他差一点就要被冻僵了。

茂祥老汉是个孤苦无依的人，靠捡垃圾收破烂儿维持生计，这凭空多出来的一张嘴，使他本来就难熬的日子雪上加霜。但茂祥老汉并不觉得悲苦，反倒觉得死水般的生活忽然荡起了幸福的涟漪。

那些日子，他每天都哭哭啼啼的，为了哄他高兴，茂祥老汉养了一只鸽子给他玩，这只鸽子成了他童年里唯一的玩伴。

鸽子是蓝色的，天空和大海的颜色，自由的颜色。他喜欢这只鸽子，鸽子也喜欢他，每天不时地蹲在他的肩头，伏在他耳边"咕咕"地叫着，仿佛两个贴心的人在窃窃私语。

茂祥老汉说："你那么喜欢这只鸽子，那我以后干脆就叫你'蓝鸽'吧。"

蓝鸽不爱说话，只有捧着鸽子的时候，才会喃喃地和鸽子说："小鸽子，你告诉我，妈妈在哪里呢？"茂祥老汉听着心里难过，发誓一定要替他找到他的亲生父母，并把他完好无损地送回去。

茂祥老汉常常把他举过头顶，妄图让他够得着蓝天，抓得住白云。他的手里拿着老人给做的风车，老人迅疾地转着圈，风车在他的头顶呼啦啦地转。那一刻，他觉得自己仿佛长了翅膀。

好心人施舍的一些吃食，老人不舍得吃，都要拿回来给他。看着他狼吞虎咽地吃着，老人就会很欣慰，用手摩挲着他的头，仿佛这就是他的亲骨肉。

平日里茂祥老汉每天晚上喜欢喝一口，也是为了解解乏。但为了蓝鸽，他把这唯一的嗜好给戒了。老人用自己辛辛苦苦攒下的钱供他上学，给他买好看的书包、体面的衣服。但所有这一切，都不能掩盖他的忧伤。

日子一天天过去，蓝鸽慢慢地长大，成了一个阳光般的少年。只是，他依旧沉默，他越来越断定，自己是被遗弃的。

几年来，茂祥老汉不停地在报纸上为他登着寻人启事，可是始终没有人来和他相认。

终于有一天，一个穿着很体面的男人敲开了茂祥老汉的门。

"请问，是您在八年前，在人民公园的长椅上捡到了一个孩子吗？"来人很焦急地问，"能不能让我见见他？"

茂祥老汉仔仔细细地打量了一下这个人，感觉他好像是个有文化的人，面相也不那么奸猾，就让蓝鸽出来。

那个男人打量了蓝鸽不足五秒钟，就激动地把他紧紧抱住："对不起，对不起，爸爸整整把你丢了八年。这八年，让你受了多少罪啊！"

蓝鸽却挣脱出来，他指着衣衫褴褛的茂祥老汉，他说："你错了，这才是我的爸爸。"

那个男人和茂祥老汉详细说了当初离弃孩子的原因，他说当时他的老婆和别人私奔跑了，而他又刚刚失业，他动了轻生的念头。可是孩子是无辜的，他不能让孩子跟他一起去天堂。他就把孩子放到公园里，希望能有好心人把他收养。他自杀未遂，被人救下。等他要回去找孩子的时候，孩子已经不见了。

"这些年，我每天都在思念他啊。"一个大男人说到动情处，竟然掉下了眼泪。

茂祥老汉仔细打量着他和蓝鸽，发现他们长得还真像。他断定，这个人就是蓝鸽的亲生父亲。

他让那个男人先回去，他来劝说蓝鸽。

他说："他是你的亲生父亲，他会疼你爱你的，你跟着他回家吧。"

"不，你才是我的爸爸。"蓝鸽很倔强。

"这么多年，他找你找得很苦，他也不容易。"

"可是我走了，你怎么办？"

"我没事，你没来的时候，我不是也好好的吗？"

"可是我真的舍不得你啊。"

"那你就把这只鸽子带走，想我的时候就用它给我捎信来。你不知道，这是个地地道道的信鸽哩！"

蓝鸽使劲点点头。

蓝鸽就这样被亲生父亲接走，去了相邻的另一个城市。

那一夜，戒了很多年酒的茂祥老汉重新拿起酒瓶子，一个人喝了满满的一瓶酒，酒后的他咯了很多血。他在屋子里一边哼着蓝鸽经常唱的一首歌儿，一边老泪纵横，不住地用手抹着脸。他想，这孩子，就是他救下的一只鸽子吧，他应该有属于自己的蓝天。这样想的时候，心便释然了。

从此以后，茂祥老汉每天都坐在墙根儿，等着那只鸽子，捎来蓝鸽的消息。

一天傍晚，那只熟悉的鸽子果然飞回来了，落在他的肩头。他打开绑在鸽子腿上的纸条，看到了下面的话：

爸爸，在我回来之前，求你一定要坚强地活着！

我之所以选择跟他回家，是因为我要从他那里拿到一笔钱来给你治病。你以为我不知道你的病情，其实我什么都知道，医院的诊断书我偷偷地看到了，那上面有我最不愿看到的"癌"字，那一刻，我感觉整个世界都凝固了。我咒骂上帝，他怎么忍心让这么好的人得了绝症。不过请你相信，爸爸，这并不可怕，让我们一起加油打败它吧。还记得我们的约定吗？我说在我考上大学的时候，我要领着你到我的新校园去看看，我要让所有人都知道，我有一个多么伟大的父亲！所以，为了这个约定，求你一定要好好活着，等着我回来。很快！

　　茂祥老汉的手颤抖着，心却是暖的。他以为把病情隐瞒得天衣无缝，没想到蓝鸽什么都知道。

　　茂祥老汉终没能等到蓝鸽回来，在一个阳光灿烂的早晨，他微笑着离开了人世。死的时候，他望着蓝天，那里有鸽子飞翔过的痕迹。

　　茂祥老汉下葬的那天，人们发现，一只鸽子飞到他的坟头上，久久不愿离开。

　　那只鸽子是蓝色的，天空和大海的颜色，自由的颜色。

如果苹果长了耳朵

她正把一颗苹果捧在怀里，最靠近心脏的位置，那是一颗又大又圆的苹果，许了愿的苹果，长了耳朵的苹果。

一颗苹果掉落在医院的走廊里。那是一颗饱满的苹果，它是众多用来安慰病人的其中一颗，闪着温暖而善良的光。它并没有逃走的意味，它只是被遗落了。它不该被遗落，它是健康的，不像癌症病房里的那些病人，他们是被虫蛀蚀的苹果，从内到外，都透着病的酸腐气息，枯瘦的胳膊和腿，呆滞的眼神，被命定了的活着的期限，像紧箍咒一般，勒紧他们的岁月。

可是我很快发现了一颗不一样的苹果，虽然也是被虫蛀蚀的，但却依然坚强着。那是一个患了肺癌的中年女人，因为化疗头顶光光的，她的脸上并不像其他病人那样愁苦，反而常常挂着笑容，一点儿都不像一个病人，反倒像是一位漂亮的女演员，因为某个角色而迫不得已地剃了光头。这让我眼前一亮，在灰暗的病房里，忽然冒出来一抹春色。她说她曾经有一架钢琴，她弹的曲子很好听，她也教会了很多孩子弹钢琴，包括她的孩子，有的还拿过奖呢！她骄傲地给我们看她修长的手指，的确，那双白皙修长的手，很美，只是，上面布满针孔。

岳母也患了癌症，幸运的是发现得早，及时做了手术，医生说，再住一个星期，就可以出院了。我们一颗悬着的心总算落了地。在医院陪护的这段时间，和临床的这个女人就熟络了。知晓了为了给她治病，丈夫把她的钢琴卖掉了，同时卖掉的还有房子，丈夫让她安心治病，钱的事情交给他。她知道自己很幸福，没有像那些被虫蛀蚀的苹果一样被抛弃。她说如果上苍怜悯她，让她再多活几年，她一定好好地为丈夫和孩子做最美味的吃食，为他们弹世上最美的曲子。

会有那一天的。她说，只要这次的疼痛比上次轻了那么一丁点儿，就值得欢喜鼓舞。

多希望，这颗被虫蛀蚀的苹果，在把虫子赶出去之后，可以复原为一颗健康的苹果啊！

孩子去看她，手里拿了一个大大的苹果。孩子乖巧可爱，大约五六岁的样子，她说最大的苹果要给妈妈吃。她和孩子开玩笑说："宝贝，你把苹果捧在手心，闭上眼睛，对着它许个愿望，妈妈吃掉这个苹果，你的愿望就能实现啦！"

孩子当了真，很听话地照做了，虔诚的样子让人心疼。其实就算孩子不说，我们也知道她许下的愿望是什么。果然，看着妈妈大口大口地吃掉整个苹果之后，孩子说，她许的愿望是妈妈可以早点儿好起来，陪她一起吃饭，陪她一起弹琴，陪她一起，每天手拉着手，回家。

如果真的有这样的魔法该多好，那我愿意给住院部的每一个病人都发一颗许愿的苹果，然后请求他们一口气吃完。如此，人间将再无疾患。

"苹果会听到我心里的话吗？"小女孩问。

"会的，因为苹果长了耳朵，只是我们看不见而已。"女人说着，试图用轻松的幽默化解一下内心的悲伤。

夜里，女人的咳嗽声把夜撕成一块块布片。她强忍着下了地，去到走廊里，又进了消防通道，那里很僻静，能隔一点儿音，她怕自己的咳嗽声吵醒了病房里的人。

她就那么一声声地咳着，一个多小时后才回来，看见我睁着眼睛，苍白的脸上充满歉意地对我说："对不起啊，又害你没睡好觉。"

病入膏肓，还在替别人着想，这样的好人，上苍怎么就这么不公平，把厄运泼给了她呢？

天亮之后，她的丈夫和女儿又很早地给她送饭来。见她难得地睡着，丈夫和女儿蹑手蹑脚地坐到她身边。丈夫小声地对女儿说："让妈妈多睡一会儿吧，她太累了。"

疼痛是不会让她睡安稳的，总是在她睡着的时候猛地掐她一下，她就醒了。她让丈夫帮她踩背，想把疼痛从身体里挤出去。

小女孩一边帮她揉着胳膊一边说："妈妈，我自己梳的头，你看好看吗？"

她强忍着泪水，说："好看，我的宝贝是天底下最美的宝贝！"

　　她把女儿抱在怀里，在她耳边小声嘀咕着什么，然后仿佛有某种约定一样，彼此会意地眨眨眼睛，还拉了勾！

　　她在无边的疼痛里熬着，挺过了这一阵，还有更猛烈的下一阵，她常常满头大汗，看着让人揪心不已。可她总是咬着牙对我说："我不会放弃的。孩子还等着我和她手拉着手回家呢！"

　　母女俩手拉着手回家，这在平常是多么司空见惯的场景，可是在她，已渐渐成为遥不可及的梦。她最终还是离去了，我永远忘不了小女孩的表情，眼泪成串成串地掉下来，可是她没有哭出声来，她紧咬着嘴唇，在医院的走廊里，小小的身影孤独而无助，却又倔强得像一株沙漠上的植被。

　　我问小女孩，那一天，妈妈在她耳边说了什么？

　　她说，妈妈告诉她，记得每天一定要吃一颗苹果，要把所有想对妈妈说的话都对苹果说，然后一口气吃下去，那样，妈妈不论在哪里，就都听得到。

　　我愿意相信，这个美好的约定，小女孩也同样深信不疑，此刻，她正把一颗苹果捧在怀里，最靠近心脏的位置，那是一颗又大又圆的苹果，许了愿的苹果，长了耳朵的苹果。

右手所做的，不让左手知道

在人生的低谷，我们常常会抱怨，误以为天使不在，其实她们就在我们身边，只不过是隐身的。

我们从来不会见到那些善良的天使，但我们总能在某一个温馨的时刻，碰触到她们的翅膀。

由于双方父母的反对，我的婚姻得不到任何支持和祝福，只能和妻子带着两套行李，来到这个陌生的城市，开始一桩注定充满磨难与疼痛的婚姻。那时候我没有工作，也赚不到稿费。就去工地给人搬砖、推沙子，即便是这些重体力的活，也不是天天有，有时候天气不好，好多天都赚不到一分钱。

"这苦命的孩子啊！"房东太太是个热心肠，看到我们什么家当都没有，就从仓房里翻出些能用的东西送给我们，像什么桌椅板凳、锅碗瓢盆之类的。一方小炕连个铺的都没有，她就又倒腾出一块席子给我们用。

妻子怀孕，特别馋油水大的东西，可是我们连豆油都没有一次买超过一斤的。对此，我的内心怀着深深的愧疚。邻居们看到新搬来的这对贫苦夫妻，都不免很是同情，但我们却很不自在，在他们的眼睛里读到了自己的辛酸。我们虽然穷，但一样有尊严。

"苦日子总会过去的，别犯愁。"房东太太总会时不时地劝我们几句，后来，在房东太太的介绍下，我在街道找了份送水的工作，虽然辛苦，但生活总算有了盼头。

有一天中午下班回来，妻子不在，我只看见桌子上放着一盒满满的热气腾腾的盒饭，里面还有久违了的五花肉呢！妻子一定是觉得我每天出苦力干活太累，要给我补充营养呢。其实，妻子怀孕了，最该补充营养的是她啊。我吃了一小半，剩下的给她留着。然后倒头午休去了，醒来的时候，妻子和我说："你今天买回来的盒饭真好吃啊，很久没吃到肉了呢！"

我一下子愣住了，那会是谁送来的呢？

"肯定是房东太太。"妻子说。她去后山拾掇柴火前，依稀看到房东太太蹑手蹑脚，像"做贼"一样地去了我们屋子里一趟。

上帝说："你们行善，要暗暗地进行，右手所做的，甚至不让左手知道。"我想，房东太太就是这样一个善良的人，想尽最大的力量帮助我们，却又不想让我们的尊严受到伤害，所以才偷偷地进行着她的善行。

那个冬天，让我们感到温暖的，除了房东太太，还有那些可爱的邻居。

邻居马奶奶是个退休教师，老伴几年前去世了。孩子们都住着楼房，要接她去，她不肯，她习惯住平房，就一个人在这里住着。平日里她喜欢站在院子里隔着栅栏和我妻子聊天，不管天多冷也挡不住她的话匣子，从而也大抵知道了我们的窘境。常常为我们的贫穷咂咂嘴，跟着叹息。我不免有些埋怨妻子，为什么要那么赤裸裸地把自己的窘境全盘说给别人听呢，那样只会换来别人的同情和怜悯，除此之外，还能有什么呢？

马奶奶还喜欢刨根问底，非要把我穷困潦倒的伤疤重新揭开不可，这些都是我不喜欢的。我拎着大大的油桶却只买回来一斤豆油的时候，想躲着邻居们走，可还是躲不开，我依稀能听到他们在我身后小声嘀咕着什么，我仿佛做了什么难堪的事情一样，脸羞臊得像块火烧云一样。

有一天，妻子最好的朋友要来看我们。这可愁坏了妻子，我们实在掏不出钱来买菜招待朋友。妻子情急之下，带着满腹的委屈呜呜地哭了起来。这时候就听见马奶奶在外面喊："小朱啊，怎么把媳妇儿惹哭了呢？可不许欺负媳妇儿啊！"听了我的难处之后，马奶奶二话没说递给我们一百元钱："先拿着应应急吧，谁都有受憋的时候。"

从那以后，隔三岔五的就有人从大门口的门缝里往我们的院子里放东西，有时候是一块冻肉，有时候是一团海带、几条刀鱼或者几块冻豆腐，不知不觉间我们的年货都差不多齐全了。我们不知道是谁在暗中施舍，但我们知道，那个人肯定是个天使，就像房东太太和马奶奶一样。

过年了，邻居们纷纷来串门，说着祝福的话，我度过了生命中最贫苦也最温暖的一个年。

在那个冬天，为了表达我的感恩之情，唯一能做的，就是在下了大雪的时候，早早地起床，偷偷替邻居们把门前的雪打扫干净。虽然我穷，但我也想用我自己的方式，做一个隐身天使。

在人生的低谷，我们常常会抱怨，误以为天使不在，其实他们就在我们身边，只不过是隐身的。就像鸟儿飞过，却没有在天空留下痕迹。

一匹仰望月亮的马

月光把人间照得洁白一片，仿佛童话。

我确定我见过那匹马。仿佛某种命定的相遇，它让我感受到某种"神谕"。

那夜，那扇门，那匹马，那轮月，都是组成这"神谕"的一部分。

月照着，门开着，使我得以看见那匹马的仰望。月光把人间照得洁白一片，仿佛童话。

如果一匹马也会写诗，它一定会献给月亮。我看到的这匹马，在浑圆的月亮之下，充满忧郁的味道。我看见它微侧着头，向天空仰望，它是被月亮迷惑了吗？它眼里看到的月亮，到底是怎样一种情境呢？是不是与那女人看到它一样，怀揣着万般温柔？

这么英俊的马，完全配得上月亮的照耀；这么美丽的月亮，一定拴得住这匹马。

女人老了，却没有一匹马驮她回家。她不记得家的方向，她不记得自己曾经年轻过。她所有的记忆，只有这马厩，与她亲近的，也只有马。而此刻，这唯一的马，也即将被主人卖掉。

她和其他疯子不同，她不哭不闹，像另一匹听话的马。主人让她干什么她就干什么，吃多吃少也从无怨言，她从不试着去寻回记忆。

或许就是看中了她的乖顺听话，主人才收留了她，给她一点吃的就行，相当于白用了一个苦力。

有一次，我大包小裹地从超市采购回来，路过那个门口的时候，看到了她。她披散着头，目光有些凄然，或许是主人家长时间没给她饭吃，她饿得难受，向我讨东西吃。她脏兮兮的，我紧走几步想要躲开，可她跟得紧，一把拽住了我的袋子，一瓶桃罐头被她弄掉到地上，摔碎了。桃和糖水洒了一地，她连泥带桃往嘴里塞，一边吃一边冲着我笑。我知道，那笑是带着感激色彩的。她不管不顾地吃，玻璃碴子吃进嘴里也不吐出来，把嘴扎破了，血顺着嘴角淌出来。她似乎一点都感觉不到疼，照旧胡乱地捧着地上的桃吃。对于她来说，这大概是她吃过的最好吃的东西了吧。

她第一次对食物有这么强烈的兴趣，我猜，她的过往里一定有一段与桃罐头有关的记忆，只是，那个开关，她始终没有打开。这个悲哀的女人，让我一阵阵心疼。谁能想到，从前这是个美丽而纤弱的，甚至有些洁癖的女子，现在却不再介意肮脏和疼痛。

忽然，她好像想到了什么似的，一下子呆愣在那里，然后小心翼翼地捧着地上还没吃完的几个黄桃，捧在手心里，不吃，喃喃地说："米宝宝最爱吃这个……"

米宝宝是她的孩子。终于从别人口中得知了她疯癫的原因：米宝宝在刚刚三岁的时候，被人偷走了。那万恶的人贩子，真是罪孽深重。

她总是自责地说，如果不是她粗心大意，米宝宝就不会丢。她只是把孩子放下来那么一会儿啊，刚回个头，人就不见了。那个人贩子应该是盯了她许久，趁着她不注意的当口，抱走了孩子。这怎么防备得了？无论亲人们怎样安慰，她都无法原谅自己。时间长了，她就变得魔怔了。

一个打碎的桃罐头，终于让她想起了她的米宝宝。她的米宝宝丢失了好久，而在寻找米宝宝的过程中，她也慢慢地把自己丢失了。

她喜欢对着那匹马说话，好像那匹马就是她丢失的孩子。她摩挲着它的头，和它说："宝贝，听话啊，不许总是乱跑，这样多好，乖乖地听话，妈妈买好多好吃的给你。"

那匹马不说话，却仰起了头，看着那轮月亮，仿佛有无限心思要倾诉一样。

她与那匹马相依为命，彼此取暖。有时候她犯起病来，不管多狂躁，只要见到了这匹马，就会安静下来，变得无比温柔。马仰头望月亮，她也跟着仰头望月亮，漫长的夜里，流淌着忧伤的江河。

这是发生在十年多年前的旧事，那匹马去向不明，那个女人也没了影踪，时间淹没了一切，可是那份忧伤，却不曾止歇，一直流淌到今天。那匹仰望月亮的马，时常会走进我的梦里。为了不辜负它的仰望，我必须在梦里给它挂一轮月亮。

我多么愿意相信童话的结局——那匹马，驮着她，寻回了她的米宝宝，一起回家。

月亮再一次升起来的时候，我不自觉地仰起了头，风吹动我蓬乱的头发，竟然像马鬃一样，猎猎飘扬起来。

心中有爱，万物芬芳

"人打开了一条通道，是无力回头的。那是个值得你记录的世界，它是永恒的。"

在网络上认识一个女孩，爱笑，爱旅行，爱摄影，经营着自己的小店铺，过着自己的小日子，有声有色。

可是我看到的只是她在朋友圈里的令人羡慕的生活。后来才知道她的父母早早离异，她和母亲相依为命，母亲后来去世了，父亲有了自己的新家庭，她便开始了一个人的生活。

如果苦痛是衣衫，那么她就当作内衣去穿，不为人知的酸楚，她一个人独品。我问她是否怨恨她的父亲，她说："何必呢？怨恨只会让自己更冷。"

一个患了重病的小男孩，家人无钱医治，含泪办理出院。主治医生百般纠结，最后决定让他们和医院签订一份长达三十年的还款协议，每月还二百元。孩子的命保住了。小男孩出院后，靠卖晚报挣些小钱帮着父母还款，每天都会抽空跑去医院，去主治医生的办公室扔下一份当天的晚报，转身就跑。

他用自己微不足道的举动，报答着医生的救命之恩。由爱产

173

生的对流，在医院的走廊里盘旋往复。

电影《永恒记忆》里真实记录了瑞典第一位女性摄影家的故事，二十世纪初的瑞典社会动荡，物质与精神生活双重匮乏。玛拉·拉森是个家庭主妇，操持着不富裕的家。一次偶然她在去照相馆变卖一部在购买奖券时得到的相机时，遇到了生命中另一个重要的男人——照相馆的老板佩德森。在佩德森的劝说下，她尝试着拿起相机，从此，透过镜头，她进入了另一个世界。与男人们通过暴力对现实表现不满不同，这个经受了太多家庭暴力和屈辱的女人，用镜头去寻得心灵的另一份宁静，并改变了人生深层次的轨迹。自从拿起了相机，她发现她可以控制镜头对向何方，控制审视生活的距离，控制镜头涵盖的人群，甚至可以控制生活。从此，她的精神世界改变了，她发自内心地感到快乐。而慢慢地，社区里更多的人请她摄影更加深了她的这份自信，她的社交圈子被打开，她也充满了更多的自主性。小小的镜头让她面对的依然是这个保守的城镇，大男子主义控制下的家庭，但是又让她得以超脱这一切。

老绅士佩德森出场不多，但他在玛拉·拉森几次绝望时给予一种恰到好处的激励："人打开了一条通道，是无力回头的。那是个值得你记录的世界，它是永恒的。"佩德森甘愿做玛拉·拉森的模特，和他家里忠实的老狗一起。他鼓励玛拉·拉森："你拍得真好，我和我的狗越来越像了。"

慷慨、热心、温和、宽容……这些人性之爱，正通过她的镜头，淋漓尽致地涌现出来，流经许多人的心田。

蔡澜先生写过一件小事：他去一家餐厅吃饭，看到一位小伙扮成小丑，用气球扎出各式各样的动物图形，把来吃饭的孩子逗得很开心。他每周来两次，每次一个小时，一次七百元，这只是他的副业，他的主业是送快递。蔡澜先生问他怎么学得的这一手绝活儿，他笑着说："自学，买书自学，多试几次就会了，可以增补收入，还能让别人开心，何乐而不为？"蔡澜先生佩服不已。他如果只是抱怨他爹妈拼不过别人、工作太辛苦，整天愁眉苦脸，那么他的生活过得怎样就可想而知了。

他的内心塞满了爱，抱怨就没有地方落脚了。事实证明，抱怨是最无用的行径。当你不停地抱怨，不停地祈求上帝帮你实现这个愿望那个愿望的时候，你可曾想过，上帝不是你家保姆！

这一段时间发生很多事，清晨还在问候的邻居傍晚就驾鹤西去，几个年纪轻轻的同学生病住院，家人出了车祸，险遭不测……生命中太多的猝不及防，让我们无从闪躲，来不及应对。我们唯有谨小慎微地去爱，如履薄冰地去珍惜。活着就要寻找属于你的幸福和快乐。想走的时候，脚下有路；想歇息的时候，头上有荫；回家的路上，有一盏灯；到家的时候，有一个拥抱——这就是幸福。晨跑时遇到一只可爱的小松鼠，和我对视了三秒；昨天我自己做了烧鲫鱼，味道还不赖；同事小胖支持的球队赢了，热情地拥抱我庆祝；看到一个很好笑的笑话，皱纹秒增三条半——这都是快乐。它们很小很小，小得如同尘埃里一只蚂蚁的触须。

　　罡风来袭，我们不做被命运流放的纸片，而是要做有生命的蝴蝶。这无常的风，永远无法将我们吹跑，只要心中有爱，我们就可以被牢牢地钉在这美好的世界里。

　　心中有爱，万物芬芳。

唯有高贵灵魂的
触须才够得到
星光

悲天悯人者的灵魂，是高贵的。

而那些没有被污染的纯净的心，也一样高贵。

布鲁诺说，灵魂的美胜于身体的美。

当他被烧死的时候，他所坚持的真理，

正在把他的灵魂高高托起，这样的灵魂，够得到星光。

忧伤的质量

我把忧伤看成一种气质。它可以是一种悲天悯人的情怀，可以是对生命的一种敬畏，可以是永无止境地对美的追寻。

看《我是歌手》，李健在评价来自哈萨克斯坦的歌手迪玛希的时候，说了一句"他的忧伤很有质量"，他说迪玛希的眼睛里有光，有不同于他年龄的故事，那里面有深深的忧伤。本来是一句调侃，我却听出了不一样的东西。

忧伤也可以有质量吗？

我想是的。多少美妙的诗歌里都弥漫着忧伤的味道，让我们痴迷不已。把忧伤变成诗，把忧伤变成歌，这都是有质量的忧伤。

而那些沉沦和坠落，都是没有质量的忧伤。

有的忧伤是蒙蒙细雨，淋着每个人，但我们都知道，这雨终究会停，终究会有一架彩虹，横空出世，把你和新生活连接起来。这就是有质量的忧伤。

有质量的忧伤，不光带给你美感，更重要的是不带你坠落到深渊。有质量的忧伤像一盏茶，虽然弥散着伤感的味道，但绝不沉沦，只是那么静静地与时光对峙，这何尝不是另一种意义上的抚慰？

人们善饮忧伤，不是为了最后解脱的醉，而是那忧伤里，浮着沁人心脾的茶香，那不是沉沦，而是拯救。

我想到川端康成的忧伤，那是浓得化不开的忧伤，令人心碎到骨子里的忧伤。但因为他最后自尽身亡，所以，我说他的忧伤是没有质量的。

川端康成的忧伤，有时候表现在他的沉默上。三岛由纪夫曾这样描写川端康成的沉默：跟他面对面"被默默地、死死地盯着，胆小的人都会一个劲儿擦冷汗"。三岛由纪夫说，有个刚出道的年轻女编辑初次访问川端，运气很好或者说运气很坏，因为没有其他来客。但川端半个多小时一言不发地拿那妖气的大眼睛盯着对方，女编辑终于精神崩溃，"哇"地伏身大哭。

那张苍白的有些颓废的脸上，镶嵌着一双极度渴望探究人性的眼，那双眼睛是贪婪的，甚至让人觉得它有偷窥的欲望。

川端康成执着于对"美"的追求，自然抒写之哀美、女性抒写之悲美、死亡抒写之幻美，构筑成了一个近乎苛刻的唯美文学世界，而最终的殉美而亡，便是对此的最佳诠释。

如果我的灵魂能与川端康成相遇，我只想问他：那临终的眼里看到了什么？世界的哪一部分还在绽放？哪一部分在慢慢熄灭？

我想，有一点是肯定的，那就是，在那即将关紧眼帘的刹那，永恒的美还在缓缓流淌……

但也仅此而已。我不会与他有过多交流，我回转过身，捻了二两质量上好的忧伤，我要带着，去岁月里浅斟低吟。

我把忧伤看成一种气质。它可以是一种悲天悯人的情怀，可以是对生命的一种敬畏，可以是永无止境地对美的追寻。

阿多尼斯在一首诗中写道：

> 但愿我有雪杉的根系，
> 我的脸在忧伤的树皮后面栖息。

他看出了一棵树的忧伤，那么，他必然也是忧伤的，只是，这忧伤是绿色的，是有营养的，他和树的灵魂彼此给予着深深的激励。所以，他才可以把忧伤种植在他"孤独的花园"里，有节制地生长着。

忧伤是诗歌的核，那份忧伤是让人浅尝辄止的，而非陷入和沉沦。可是写诗的人，有多少把自己埋在忧伤的罂粟花田里。特拉克尔、叶赛宁、马雅可夫斯基、茨维塔耶娃、海子、顾城、戈麦……在诗人的史册上，列着一长串的自杀清单，这以生命为代价哺养的忧伤，是没有质量的忧伤，是堕落的忧伤。

你写了再好的诗又有何益？你战胜不了自己的绝望，那么，你便不配给别人带来希望。

一个朋友，年纪轻轻就已经是特级教师了，可是有一天，忽然辞了职，去一个乡村支教。所有人都不解，她说，因为有一天，她看到了那个乡村的照片，照片上的天空，蓝得让人沉迷，还有那蓝天下孩子们的眼睛，那些忧伤得有些绝望的眼神，让她动容。

她说："她要走进那些忧伤里，她要把那些忧伤里绝望的灰都变成渴望的光。"

她只不过是遵从了自己的心而已。

她的拯救，让那一大片忧伤变得有了质量。

她在给我的来信中，特意关照了我容易忧伤的特质——

"你看起来那样忧伤，在绚烂的阳光里这多么不合时宜……你可以忧伤，但不能一滑到底……"

狄金森关上了门

她坚信，越是黑暗的地方，离真相才会越近。

有一天，我问一个人："如果一个人选择一种完全自闭的生活，他是不是会早早地枯萎？"

他和我说："也许是的，但对有些人是例外，比如诗人狄金森。"

狄金森在经历了几段感情挫折后，看透尘世，把自己与世界隔绝开来，如同一个女尼一般，常年幽居在一个偏僻的房院里。她的那些惊世骇俗的诗歌，都是在这样的环境里写出来的。

天下有几人，把孤独当成财富？狄金森算一个。

狄金森关上了门，独享孤独的宴，那孤独完整得如同一块蛋糕，没有掉下一块碎屑。

她躲在房间里，不停地自言自语，把以前的回忆磨了又磨，直到它们剩下棱角分明的几件，像一个盲人，对自己的房间了如指掌。

她坚信，越是黑暗的地方，离真相才会越近。

不再恨什么人，也不再爱什么人，她只爱她自己，以及她的诗歌。

狄金森关上了门，她把世界关在了门外。她不停地和死亡对话，因为死亡是她的另一个房间，是她唯一的如影随形的伙伴。

她望着月亮，她能从月亮里抽出绫罗，就像情窦初开的时候，能从爱人的心茧里抽出丝绸一样。

狄金森关上了门，是因为她不想看见漂泊在外的自己的影子。

她像个慢慢走进河水的人，越来越深的水顺着她的身体上升，直到把她完全淹没。随即，一颗孤傲的灵魂浮出水面。

尼采也是孤独的，孤独的尼采的思想和世人距离太远，所以他的作品无人欣赏，不能赢得世人的丝毫了解。对此，他说："孤独像条鲸鱼，吞噬着我。"这是尼采苍凉的呐喊，发自心底的叹息。但他也说："我的时代尚未到来，有些人要在死后才出生。"

库切也是孤独的。他只喜欢用文字诉说他对世情的观察，他与读者的沟通只限于作品。他不爱出风头，很少接受采访。三十多年来，他对外界关于他"孤僻""冷漠"和"反社会"等指责，从来不屑一顾。他也曾说过："一生中，我一直颇成功地远离名气。"

马尔克斯也是孤独的，他在《百年孤独》里所创造的马孔多小镇，就是一个浓缩的世界，纷繁复杂，光怪陆离。沉默到极致爆发出呐喊，而琐碎之至折射出其中简单到惨白的孤独。"他们透过窗户看见无数小黄花如细雨缤纷飘落。花雨在镇上落了一整夜，这寂静的风暴覆盖了屋顶，堵住了房门，令露宿的动物窒息而死。如此多的花朵从天而降，天亮时大街小巷都覆上了一层绵密的花毯……"

多少人都是害怕孤独的，唯有那些高贵的灵魂，却把孤独当成了盐，当成了钙，当成了维生素，令他们持续着灵魂的健康和伟大。

狄金森关上了门，尼采放下帘帷，马尔克斯合紧窗子，库切熄了灯……他们退居到自己的内心，那里干净、清爽，无一丝恼人的尘屑，伟大的孤独如同缓慢升起的月亮，他们在那纯白的骨头里压榨着稀有的骨髓，用来供给他们余生的所有营养。

合上济慈，翻开雪莱

如果说雪莱是春天里歌唱的云雀，那么济慈就是秋天里舞蹈的叶子。

恍恍惚惚，如同隔世。倦怠的心，正在褪尽最后一层艳丽，只剩下舞蹈的紫，孤零零地在风中飘荡，犹如生老病死的叶子，诞生时没有喊叫，死去时没有挣扎。

心在秋天，所以心疼紫色，那忧郁的被霜侵袭过的紫色，时时翻开我的心事。

秋天的玻璃，透明如无。一个呼吸，让它浸染朦胧。我的爱，被它照出来，湿漉漉的，等着阳光来烘干。

我的爱还能烘干吗？秋天艳阳高照，我却躲在背面，任心底生满回忆的青苔。

支离破碎的记忆，慢慢织成一幕诀别的悲剧：爱，向生活低了头。

秋天的花朵，嘲弄似的，向我这个低头的人炫耀她们的烂漫。她们似乎知道自己注定要颓败，所以开得肆无忌惮，恬不知耻。

我的诀别，不像云朵，从挥动的衣袖中缓缓飘走，那是诗意的诀别；不像葡萄，鼓胀着欲破的身体，被人摘取，那是喜悦的诀别；不像叶子，从树枝上掉落，投入土地的怀抱，那是幸福的诀别。

我在秋天里的诀别，是不堪回想的哀伤。

犹似这紫色，是凝固的音乐，是被压住翅膀的蝴蝶，是突然断掉的弦。

紫色，让我想起一个英年早逝的诗人——济慈。

如果说雪莱是春天里歌唱的云雀，那么济慈就是秋天里舞蹈的叶子。少年时便已成为孤儿的济慈，这紫色的秋天的叶子孤零零地在那里舞蹈，妄图煽动出一点火焰，暖他那颗忧伤的心。

在英国的大诗人中，几乎没有一个人比济慈的出身更为卑微。他短短的一生，似乎都是紫色的。而那紫色中弥足珍贵的那一丁点儿绚烂，来自他至死不渝的恋人——芬妮·布朗。他在给芬妮的信中写道：

> 我在一个农民的小屋中，对着一个很方便的窗户坐下，举目远望，只见美丽的山峦和茫茫的大海相映成趣，映入眼帘，真可谓良辰美景啊。如果不是回想自身的一种压迫感，那么，我看书、遨游在这美丽的海岸上，享受着上述的快乐，不知我会怎样富有坚韧不拔的精神呢！我从来没有像这样欢乐过。死亡和疾病包围着我，把我的时间耗费了，现在这样的烦恼虽然没有压迫我，但另一种痛苦又来骚扰，以至

我无法忍受——这也是你必须承认的。我的心上人，问一问你自己，你这样羁绊着，这样破坏着我的自由，这是不是十分残酷？如果你愿意在一封信中承认这一点，请立即写信给我，并请力所能及地安慰我。

你的信必须情感丰富，能让我沉醉——你要用甜蜜的语言，并且要向它们亲吻，以便让我的嘴唇发现你的嘴唇的痕迹。

至于我吗，真不知道该怎样向一个美丽的人儿表示我的热忱。我用一个光辉的字，不过只是光辉；用一个美丽的字，只不过是美丽罢了。我真愿意我们能够变成翩然双飞的蝴蝶，哪怕只是在夏季生存三天也就够了——我在这三天中所得到的快乐当比平常五十年间所获得的快乐要多得多……

他们在那短短的美好时光里互相传递着爱，直到济慈那封最后的信。最后的信是这样的："芬妮，我的天使……我将尽力安心养病，就像我以整个身心爱你一样……我绝不会……跟你诀别。"然而，不到半年时光，年仅二十五岁的济慈，这朵"用露珠培育出来的鲜花"（雪莱语），却长眠于罗马，而他对芬妮的爱情，却似银河中的星星一样，永世长存。

最近看到一篇文章说，紫色是最容易褪色的，因此日本人结婚绝对不穿紫色的衣服，甚至包装礼物也不用紫色，以防不能天长地久。没想到它竟然像咒语一样在一些人的世界里应验了，一个人可以消失得那么快，消失的痕迹就像窗台上那盆忽然枯萎了的紫菊花，连残余的花香都被风撕碎了。

芬妮是幸运的女子，得到了济慈的爱。济慈曾经说："我见过一些女子，她们真诚地希望嫁给一首诗歌，却得到一部小说作为答案。"济慈永远不会是小说，他永远都是芬妮心中的诗歌。

忧郁会使人歌唱，悲伤会使人舞蹈。就像这秋天，灿烂的阳光被收割，温暖也被大雁们齐心协力运到了南方，可是剩下的紫色，仍然在风里生生不息地舞蹈。它让人相信，在即将到来的冬天里，只要你把炉火点燃，不停不停地往里面扔着柴火，就可以温暖自己，守住一个属于你自己的心灵的童话。

济慈是我心灵上的一片紫，但毕竟不是我的榜样。人会失去一些东西，也会找回一些物件。不必非要顺着脚印往回走，要知道，前面的纸更洁白。秋天要过去了，还是合上济慈，翻开雪莱吧——

"冬天来了，春天还会远吗？"

托尔斯泰的镜子

每一块镜子的碎片里都有一双眼睛深深地注视他，让他不敢把良心偷偷地贩卖一钱。

我们对着镜子，看到了自己；风对着镜子，看到了风；云对着镜子，看到了云。只有雨说：有时也有例外，我对着镜子，看到了雪。

当我们面对情人时，往往很高尚；而当我们面对金钱时，有时却非常卑鄙。所以，我们常常要照镜子，寻找自己的真实模样，于是我们发现，自己的影子至少有两个或两个以上，所以，我们活得很辛苦。

1857年7月7日，在琉森一家头等阔人下榻的瑞士旅馆门前，有一个流浪乞食的歌手，曾唱歌弹琴大半个小时之久，约有一百位人士听他演唱，歌手曾三次求大家给他一点东西，却没有一个人伸出同情的手，甚至有许多人还嘲笑他，歌手只好走了。托尔斯泰为此而感到揪心的痛苦。他追上那个歌手，和他谈话，了解他的身世，跟他一起喝葡萄酒。就在托尔斯泰和不幸的流浪歌手喝酒谈话时，那些阔绅士、太太并没有忘记对穷人表示轻蔑和嘲笑，这种轻蔑和嘲笑甚至移到托尔斯泰身上，因为托尔斯泰居然同情他，和他打交道，和他一起喝葡萄酒。托尔斯泰在那些人身上找到了一面镜子，他用它映照了自己，也从那些人中间拯救了自己。

"我常常不知不觉地陷入绝望，感到这个世界是不会给一个这样丑陋的人——鼻子这么宽，嘴唇这么厚，眼睛小小的，还是灰颜色——幸福的。还有什么比一个人的外貌更能影响他的前程呢？"拥有一颗博大爱心的列夫·托尔斯泰曾经这样感叹。很明显，他是以别人的眼光和社会习俗为镜子来观照自己而得出悲观的结论的。他后来把自己当作镜子，才消除了自卑的心理倾向。

托尔斯泰的书桌对面有一面很大的镜子。在创作的过程中，他常常会凝神注视镜子中的自己，看着看着，就会有泪水噙满双眼。他看到了自己悲怆的脸，看到了渐渐枯萎的年华，看到了铺满芳香的夜，看到了渐渐浮出水面的他的灵魂。

关于这面镜子，托尔斯泰说，那是为了映照良心。

镜子，看似透明，其实它比任何事物更能谨守秘密。那些修过形整过容或者戴着面具生活的人只能骗自己，镜子却能洞悉一切。但它闭紧嘴巴，它会把赞美和嘲讽都装在心里。

为了专心写作，免受干扰，他将自己锁在房间里，并对佣人说："从今天起我死了，就在这房间里。"

托尔斯泰的镜子始终在他的对面，渗出冷冷的光。

托尔斯泰对镜子的理解或许就是从少年时打碎一面镜子开始

的，镜子碎了，不流一滴血，却生出更多的自己。每一块镜子的碎片里都有一双眼睛深深地注视他，让他不敢把良心偷偷地贩卖一钱。

镜子，它的品质与生俱来。像玲珑剔透的骨头，看不见的高贵的骨髓在它身上流淌。

托尔斯泰，他紧紧盯住镜子中的自己，他从不迷失。他还善于在镜子中捕捉美与丑，发现善与恶。镜子很忠实，不会说谎，目睹世间万物偏偏守口如瓶。当然也有例外的时候，镜子疾恶如仇，当恶毒的王后最后一次对着镜子歇斯底里地问："谁是世界上最美的人？"时，镜子发怒了："是白雪公主，永远是白雪公主。"它燃着了那个恶毒女人的头发，燃着了她的脚，让她在火焰里不停地挣扎。

一张面孔就是一个世界，它常常露出脸颊里埋没的消息，并迸出真相令你震惊并折服。一个人对着镜子，说几句真实的话，便是给镜子装上了灵魂。

晚年的托尔斯泰，思想上发生了极大的变化。他憎恶社会上的纷扰，讨厌亲友间的应酬，对自己优裕的物质生活感到良心不安。他一再希望离开故乡，实现平民生活的理想。到他晚年时，开始干农民的活。人们经常能看到白发苍苍的托尔斯泰赶着牛犁田，或者砍柴、运水，干各种农活。他穿一件宽大的白衬衫，腰上系着皮带，下身是土布裤、树皮鞋，头上戴着草帽，完全像一个农民。他不再出席贵族们举办的社交晚会，甚至也不在自己家里接待那些高贵的客人了。

托尔斯泰把整个生命里的泥土筛遍，只为寻找一粒真理的金子。谁也不会想到，那个凄清的小火车站竟然成了他去见上帝的最后一个台阶，一棵高大的树成了他自己的玫瑰墓地。他拥有了一切，但他把这一切都抛掉了。甚至，他不让后人为他举行告别仪式，他"没有十字架，没有墓碑，没有墓志铭，连托尔斯泰这个名字也没有"……

托尔斯泰死的时候，依然在用生当镜子。

托尔斯泰的镜子里，始终是一张悲怆的脸，一段似水年华，一个对生命的深刻的探寻：灵魂的复活之路。

塞林格的天堂里没有悬崖

无论身处于怎样的逆境之中，都不要忘记自己最初的梦想，并且一定要拼命维护自己自由的人格和独立的思想。

早上打开电脑上网，我才知道塞林格去世了。恰巧电脑旁边摆着的书就是《麦田里的守望者》，这本书我已经反反复复读了十几遍了，相信以后还会一遍一遍地读下去。塞林格去了天堂就不用在悬崖边守望了吧，因为天堂里的小孩儿都长着翅膀，他们会飞……

我刚上大学的时候就读过《麦田里的守望者》，但看了之后谈不上有多喜欢。直到大学毕业后的某一天，我又买了定价为六块五的这版《麦田里的守望者》，重新读了一遍之后才读出一点味道来，后来更是越读越喜欢，以至于有段时间我无论走到哪里都会随身带着这本小书，并在坐公交或坐地铁的时候拿出来一遍又一遍地看。后来这本小书愣是被我翻开胶了，其中的很多页都被我翻掉了，于是我又想办法把它重新装订了一下。我现在看的还是这一本，虽然我也买了这本书的其他版本。也就是从那个时候起，我记住了书中的主人公霍尔顿对着他妹妹说的那段经典的话：

> 有那么一群小孩子在一大块麦田里做游戏。几千几万个小孩子，附近没有一个人——没有一个大人，我是说——除了我。我呢，就在那混账的悬崖边。我的职务是在那儿守望，要是有哪个孩子往悬崖边奔来，我就把他捉住——我是说孩子们都在狂奔，也不知道自己是在往哪儿跑。我得从什么地方出来，把他们捉住。我整天就干这样的事。我只想当个麦田里的守望者。

以守望者的姿态活着的塞林格，一生极其注重保护个人隐私，不接受采访，不轻易授权出版作品。他的女儿曾经未经他的同意，写了一本《塞林格传记》，被塞林格告上法庭。写作成名之后，塞林格隐居在郊野之中，即使最优秀的记者，也很难拍摄到塞林格的真容。但即使在这样严密的自我保护之下，塞林格凭借其才华，依然成为无数读者心中的明星。

我不管别人是怎么看的，反正在我看来，"二战"后，美国"垮掉的一代"搞的那些事儿其实就是一次文艺复兴。而且他们的这次文艺复兴获得了成功，因为当时看上去特低俗、特不入流的东西在今天的美国已经见怪不怪了。就拿这本《麦田里的守望者》来说，它刚出版的时候成了当时美国的一些主流正经人士眼中的"洪水猛兽"，一些美国图书馆将它列为禁书。但后来怎么样，这本书被美国大多数中学和高校列为课外必读书目，有些公共学校还把此书当成教材。而这本书在美国的销量早已超过千万册，现在它在全球的销量更是超过了六千万册。

由此可见，很多时候，那些所谓的"低俗"的东西是会推动社会的进步的。事实上，很多很经典的摇滚歌曲以及像《麦田里的守望者》或《在路上》这种看上去有些"低俗"的垮掉派小说，是具有极强的社会教化功能的。它们会提醒很多年轻人以及一些渐渐不再年轻的人，无论身处于怎样的逆境之中，都不要忘记自己最初的梦想，并且一定要拼命维护自己自由的人格和独立的思想。从这个角度来看，其实所谓的"低俗"，它对于男人来说，就像是其灵魂的睾丸；而对于女人来说，则像是其灵魂的卵巢。这两样东西决定着我们能否拥有自由的人格和独立的思想。另外从矛盾对立统一的角度来看，如果一个人没有"低俗"的一面，那他肯定也不会有高尚的一面……

塞林格曾经自信满满地说自己可以活到一百四十岁，结果却提前五十年赶赴了天堂。大概是他在尘世守望得有些累了、倦了。塞林格的天堂里一定没有悬崖，只有安安静静的云朵，只有缓缓流动的溪流，他终于可以放心地睡下了，终于可以不再守望。

一匹叫杰克·伦敦的狼

狼喜欢群居，可是他找不到同伴，只好独自坚守狼的秉性。

在美国文坛，曾经有一匹叫杰克·伦敦的狼，孤独的狼。

他是狼，即便饥寒交迫，也不会像狗一样，叼过扔来的骨头，趴在墙角边啃边晒太阳。

狼喜欢群居，可是他找不到同伴，只好独自坚守狼的秉性。

他被看作是傲慢的，是癫狂的，没有人知道他的内心积聚着怎样的风暴。有人评价他是火一样的性格："血管里有火，生气勃勃，一身丈夫气，喜欢粗犷强烈的生活，他喜欢叱咤风云，每每参加斗争常要斗争到极限。他把冒险里的困难当作享受，把拓荒中的遭遇当作欢乐。"

有必要赘述一下他那凌乱不堪的苦难经历。他的童年是在穷苦的日子中度过的，十岁就外出打零工谋生，十四岁到一家罐头厂做工，每天工作十小时，拿到一元钱。没干多久，他借了一些钱，买了一条船，加入偷袭私人牡蛎场的队伍中，希望用这种手段来改善穷困的处境。在偷袭中被抓获，罚做苦工。后来他当水手去远东。航海归来，十八岁的他参加到向华盛顿进军的失业者组织，又继续过着流浪生活，监牢、警察局成了他经常进出的地方。长年的流浪没有使他丧失生活的信心，他强烈地追求知识，不甘心自暴自弃。即使漂泊无定，书也总是他的伴侣。他二十岁时，考进了加州大学，次年他因贫困被迫退学，同姐夫一起去阿拉斯加淘金，但又身染重病回家。

种种悲催的经历使他备受折磨，而他懂得在困境中卧薪尝胆。这恰恰是狼的本性之一：隐忍。

再穷困的生命里也会闪耀爱情的光芒。他与温柔的玛贝尔相爱，约定在进入二十世纪的庄严时刻订婚。在新世纪的钟声敲响以前，他骑了二十千米的自行车，热情地敲开玛贝尔家的大门，万万想不到迎接他的竟然是无情的毁约！怎么办？就此沉沦吗？那样，他就不配被称为一匹狼了。

"我要与新世纪一起出发！"他大声喊着，毫不犹豫地调转车把，飞也似的回到书房埋头读起书来。用发愤读书迎来了20世纪的第一个黎明。他抓紧一切时间读完了他所找到的人类学的著作后，立即潜心于《狼的儿子》的写作。仅仅两个月的时间，一部以清新风格取胜的名著，轰动了美国文坛。

他对狼有特殊的好感，特别喜欢描写狼。他的名著《荒野的呼唤》是一篇描绘狗变成狼的小说，而《白牙》写的则是狼变成狗的故事。《热爱生命》是一部描写人与狼之间的生死搏斗的小说，也是列宁喜爱的小说之一。他笔下的狼是顽强、英勇无畏、坚韧不拔、永远进击的"超人"形象。他常用狼做小说篇名，如

《狼的儿子》《海狼》等。他还把爱犬叫作"褐色狼"，在给一个朋友的书简中，还自署为"狼"。

写小说赚了大钱之后，他建造了一所美国当时最华美、最新颖的建筑，正式命名为"狼舍"，更是以"狼"自居了。

他是严歌苓童年时最喜欢的一个作家，之所以喜欢，严歌苓后来说，是因为他对于狼有着极其公正的见解。

生命的后半程，他为自己画了一幅"自画像"——《马丁·伊登》，那是他的一部自传体小说，揭露了资本主义社会的残酷无情。主人公伊登依靠个人的奋斗成了名，但成名之后得到的不是欢乐，而是空虚。那正是他自己的内心感受。这位曾经为社会底层的不幸者呼喊过的作家，随着他的成名发财，而沉沦到了极端个人主义的深渊，结果用自杀结束了年仅四十岁的生命。如他所说："当生活变得又痛苦又让人厌倦的时候，死亡就会前来哄你睡去，一睡不醒。"

死亡的阴影与生命的曙光，一个在左，一个在右。狼行中间，不偏不倚，唯有如此，才能让自己平稳度过一个个危机四伏的暗夜。

那就是杰克·伦敦的境遇，肃杀的四周，到处隐匿着嘲弄、谣言、欲望和陷阱。狼的眼睛，是绿色的闪电，却依然躲不过隐藏过深的陷阱。狼的皮毛，常常都是竖立着，如临大敌的模样。这世界，需要戒备的太多。

他厌倦了约定俗成的规则，厌倦了欺骗、虚伪和冷酷，毅然走向月亮升起的地方。一匹孤独的狼，再也闻不到明天的花香。

　　他如流星般谢幕，永不谢幕的是他那些璀璨至极的小说。那些璀璨是他用大半生的凌乱换来的，这是一个很少有人去做的交易，但他做了，并且狠狠赚了一笔——文化史上断不可缺少他这一页。他乐于和命运做这样的交易，即便最后连性命一并搭了进去也在所不惜。用他自己的话说就是："我愿做一颗华丽的流星，愿我的每一颗粒都呈现那动人的光辉，而不做那永远不灭却沉睡着的恒星。"

这儿躺着全世界最孤独的人

在那月光之地，她踽踽独行，像一行诗在洁白的稿纸上滑过。

毕肖普的孤独，是华丽的孤独，就好像一个顾影自怜的女人，穿着最华美的衣裳，在空无一人的金色殿堂翩翩起舞。

她在写给同时代诗人洛威尔的信中说："你为我写墓志铭的时候一定要说，这儿躺着全世界最孤独的人。"

她是一个习惯性失眠的人，可是她并不恼恨，反而喜欢上这种失眠的感觉。

可以看月亮在云海里出浴，看星星在幕布上飞行，听风慢慢掀动窗帘的声响，甚至，可以去听小虫子的缓慢爬行，想着它最先迈开的是哪一条腿。

终生住在月光里，不嫌烦不嫌累。有时向水边漂移，有时靠着花香小睡。如果冷了，梦就是温暖的火堆；如果太静了，就去听蝴蝶的鼾声如雷。

当孤独把一个人牢牢捆缚，还会有什么力量，把一颗心解救出来？

是爱啊！

可是她多么缺少，这救命的良药。

在那月光之地，她踽踽独行，像一行诗在洁白的稿纸上滑过。

她躺下来，在月光的环绕之下，把自己披在身上取暖。

或许是因为缺少爱，所以她拼命去爱，试图从更多的爱里获得新生。

她的过于害羞，其实也是源于内心巨大的孤独。那里是一座空旷无比的花园，装得下一切欢欣与怨怼，笑意与愁容。"她的灵魂正躲在文字背后，仿佛一个'我'正从一数到一百。"

1911年，毕肖普生于美国马萨诸塞州伍斯特市一个富裕的家庭，但童年过得并不幸福。八个月时，父亲便死于肾炎。母亲精神错乱，此后五年，频频出入精神病院。父亲去世后，母亲也随即失去美国公民身份，回到娘家——加拿大的新斯科舍省。毕肖普五岁时，母亲在一次彻底的精神崩溃后，被送进当地一家精神疗养院。从此，她再也没有见过母亲。母亲住院后，毕肖普与外祖父一起生活，日子过得温暖、舒适。但不久，她的祖父决定将她带回出生地伍斯特抚养。毕肖普后来回忆说："没有人征求我的意见，他们违背了我的意愿，将我带回了父亲的出生地。"在那里，在那个富裕的家庭里，她感受到的不是幸福，而是亲情的匮乏。"我感到自己正在衰老，死去……晚上，我躺着，将手电筒打开、关闭、打开，然后哭泣。"

本来就不是很健壮的毕肖普，变得疾病缠身。湿疹，哮喘，神经衰弱。她变得虚弱不堪，甚至无法行走。直到1918年，母亲的妹妹莫德姨妈将她带到南波士顿，这种境况才有所改变。也就是在莫德姨妈的影响下，毕肖普开始写诗。

诗歌终于把她破碎的心涂上一层绚烂的金色。"一座巨型城市，谨慎地揭幕，在过分雕琢中变得纤弱……洒水车过来，甩动它唦唦作响的白色扇面。掠过果皮和报纸，风干后的水痕，浅的干，深的湿，如冰镇西瓜的纹路。"

这样的诗里，我看到忧郁的眼睑，看到哀伤的瞳孔，看到全世界最孤独的人。

那目光里铺了锦

那是一座燃烧的城市，燃烧得像热恋中人的眼睛。

    诗人叶芝二十三岁时与美丽的女演员茉德·冈第一次见面。他沉迷在她的声音里，常常盯着她的眼睛。叶芝是个健忘的人，他总是忘记别人的名字和相貌，他不确信今后是否还有机会再见到他的女神，所以就那么死死地盯着她看，生怕错失一分一秒——他是要把她的模样牢牢地刻在心里啊。

    事隔多年，叶芝还是经常回想起他们共度的这段短暂的时光："一切都已模糊不清，只有那一刻除外：她走过窗前，穿一身白衣，去修整花瓶里的花枝。"叶芝以为，茉德·冈早已把这一段全忘了，其实没有。多年之后，茉德·冈回忆起1889年的伦敦，说"那是一座燃烧的城市，燃烧得像热恋中人的眼睛"。那是叶芝的眼睛。

    叶芝一生向茉德·冈求婚无数次，每一次都遭到拒绝，在生命即将逝去的最后几年，想约她出来喝茶，也被拒绝了。他希望死后茉德·冈可以参加他的葬礼，可是茉德·冈竟然连这个卑微的请求都拒绝了。真不明白，这到底是一颗怎样冰冷的心，也实在想不通，一个男人为一个女人写了《当你老了》那样的情诗，而那个女人竟然无动于衷。叶芝的感情之路真是太过悲催了，如果说世界上有人对爱情终生执着却又无法得到回报，哪怕是一点点的回报，那么，大概只有叶芝了。

那可以燃烧全世界的爱的眼神，都没有融化那女人哪怕指甲大小的一块冰。

可是叶芝依然无怨无悔地爱着，一直到死。只是，那样哀伤的目光，凉了月亮，冷了檐角；短了相思，瘦了念想。

一双充满爱的眼神是怎样的？我想，一定是时而睫毛低垂，时而眉角飞扬，那眼神中会铺出一条路，路上铺满温暖的地毯，地毯上扬撒着花瓣，缓缓抵入对方的心。

那眼神中有绳索，可以捆绑一颗心；那眼神中有光，可以驱散黑暗；那眼神中有灵，可以召唤一切。就像断肠崖上小龙女与过儿历经十六年的痛苦相思后终于重逢，那种深情凝视的眼神，感情肤浅的人是无法体会得到的。

从科学的角度讲，在眼球后方感光灵敏的角膜含有大约一亿四千万个细胞，将收到的信息传送至脑部。这些感光细胞，在任何时间均可同时处理一百五十万个信息。这就说明，即使是一瞬即逝的眼神，也能发射出千万个信息，表达丰富的情感和意向，泄露心底深处的秘密。

比起叶芝来，我要幸运得多。我知道，岁月深处，有一双眼睛始终对着我深情凝望，那是触及我灵魂的凝视，我可以卸下所有的防备，俯首帖耳。

那是岁月赐给我的蓝宝石，它镶嵌在爱人的脸上。

其实，我无意中见到了很多次这样的情形，睁开眼睛，看见妻子正深情地看着我。妻子的眼睛里滑入月光，有蓝色的鱼在那里游动。我在那样的凝望里，看到了心疼和爱怜。

"你的眼睛大而空，不过，里面有故事。"这是第一次见面的时候妻子对我的评价。

"什么样的故事呢？冰凉还是火热？"我问。

"一半是海水，一半是火焰。"她说。

我自然是欣喜万分，才知道我这水泡眼里竟然还有这等惊世骇俗的内容，不自觉地又使劲眨巴几下。

我也见过一对老人临终的对望。他们时而痴呆，时而清醒。清醒的时候，他们就互相望着，谁也不说话，只想把对方牢牢地记住，然后去另一个轮回里寻找。

不是依着你青春撒下的香，也不是循着你命运刻下的痣，只是凭借记忆里的目光，一寸一寸搜索你的幽魂。

那样的目光里，匍匐着一只小虫子，蜿蜒地从一颗心爬向另一颗心。再曲折的路，它都会抵达。没有它无法跨越的天堑，没有它走不出去的迷宫。

那样的目光里铺了锦，撒了雪，那目光因此而变得柔滑、纯白。

蔡琴在一首歌中唱道——

像一阵细雨洒落我心底，

那感觉如此神秘，

我不禁抬起头看着你，

而你并不露痕迹。

虽然不言不语，

叫人难忘记，

那是你的眼神，

明亮又美丽……

一首深情款款的歌，通过爱人的眼神，抵达最隐秘的内心。这不禁让我又一次想起叶芝，他的凝望如此深情，以至于对面的女人，不得不惭愧地低下头去。

我的爱人，你望着一朵花，那朵花便多了一味香；你望着一朵云，那朵云便多了一丝暖；你望着一轮月，那轮月便多了一寸白。

你望着我，我便多了一份痴。

唯愿，我是你目光里的锦、旧时光里的缎。有这份美好在，我们不会惧怕任何褶皱。

唯有高贵灵魂的触须才够得到星光

这情景仿佛是一个从天而降的昭示，使这位忧心忡忡的医生一下子平静下来了。

一颗怎样的灵魂才算是高贵的呢？

我想，充盈着爱、有满满的正能量、坚持真理等，都可以归为此类。

当孔子与随行的弟子被困草庐，无衣无食时，他仍然不忘宣扬他伟大的学说。他深信"德不孤，必有邻"，尽管他周游列国宣传儒学仁爱未被理解，但他那颗高于尘世的心铸就了他高贵的灵魂。

因为与皇帝的见解不同，司马迁遭受极刑，但他仍不低下他高贵的头颅。一部《史记》，终于令他高贵的灵魂赢了这场精神的论辩！

人道主义者史怀哲于1913年前往非洲，在蛮荒丛林中行医达五十余年。在非洲的第一年，史怀哲面对的人类苦难和内心的煎熬几乎令他退却。那么多的饥饿、疾病；那么多自然与人为的灾难，包括干旱、战争和奴役。在史怀哲的眼中，整个非洲大陆几乎看不见一丝光明，令他颓丧于人类苦难的无穷无尽和个人力量的微不足道。

他在回忆起那段时光时说："我们常常会因为自己所能做的是那么少而感到沮丧，然而我试着控制这种感觉，心中只想着当时医治的那个病人。我训练自己想着要医好他，然后我才能继续医治下一个，我觉得这样总比牵挂着非洲所有的病人有效。有时候，为了保持理智，你必须实际点。"

有一天下午，史怀哲医生心情非常沉闷，于是就到医院附近空旷的原野上散步。这是他化解胸中烦闷的一个有效途径。就在夕阳穿过树叶洒下一地金色光影的时候，他看到两个小孩在一块玩，他们在阳光下跳舞、嬉戏，全然不知这世界上还有那么多的悲苦与不幸，全然不知饥饿和痛苦就在他们身旁游荡，随时会吞噬他们。见孩子玩得那么开心，史怀哲的心被深深地震动了。原来人的心灵在任何时候都是可以自由和幸福的，就像这两个黑人小孩，周遭围绕着那么多不幸，他们却能在夕阳下面尽情欢乐！这情景仿佛是一个从天而降的昭示，使这位忧心忡忡的医生一下子平静了下来。

从此以后，史怀哲把那个黄昏的记忆藏在心中，每当感到沮丧时，便会想想那个时刻的喜悦。这使他全身舒畅，能够继续向前走去。他也坚信，即使面对马上到来的黑暗，他和孩子们也会情不自禁地去数着星星。落日并未带给他们悲观，夜晚也不会让他们绝望。

悲天悯人者的灵魂，是高贵的。而那些没有被污染的纯净的心，也一样高贵。

不为五斗米折腰的陶渊明，不计去留升迁，不顾短褐穿结，不惮箪瓢屡空，只想存留下天地间独一无二的灵魂。这样的灵魂，闻得到花香。

布鲁诺说，灵魂的美胜于身体的美。当他被烧死的时候，他所坚持的真理，正在把他的灵魂高高托起，这样的灵魂，够得到星光。

一个人，如果没有足够的金钱，也没有高贵的灵魂，那么，他就有可能沦落为乞丐或小偷。一个人，如果没有足够的金钱，但有高贵的灵魂，那么，他会成为一个受人尊敬的普通劳动者，一个虽然贫困但依然可以把日子过得活色生香的、最平凡的也最美丽的人。

有些人，一生只为欲望驱使，日日奔波在追名逐利的路上，忘了灵魂也是需要滋养的，其结果是灵魂日益萎缩和空虚，只剩下一个在世界上忙碌不停的躯体。一个没有高贵灵魂的人，有再多的艳遇，也没有能力真正爱一回；交再多的哥们儿，也体会不了友谊的纯正；获取再多的名声，也不知什么是光荣。他们或许养尊处优、高高在上，可是他们却够不到星光。

安顿灵魂的月光

真正的美景，不是让你尖叫，而是让你平静。

曾经和一个朋友聊起过这样一个话题：读一些纯文学作品的意义是什么？

朋友的话我很赞同，他说是为了安顿自己。

他说，时下资讯丰富，纯文学被挤到角落里苟延残喘。人们习惯了快餐文学、花边新闻，肚子饱了，眼睛亮了，灵魂却饿着。

现在的人，太需要用一些东西来安顿自己，比如读一首诗、听一段曲、鉴一幅画、品一杯茶……

安顿自己，就是给灵魂沏一壶上好的龙井，慢慢地滋养，使之得以安然自在。

对于握在手里的东西，我们总是太急于将它捣碎，塞进陶罐里。以为这样才是拥有，以为这样才是牢固、永久。世人总是喜欢红，迫不及待地要跨过绿，殊不知，红之后，叶子会很快和枝丫挥手，会很快枯落，人生便有了飘零和诀别。

杨绛先生说："一个人不想攀高就不怕下跌，也不用倾轧排挤，可以保其天真，成其自然，潜心一志完成自己能做的事。"是啊，耸入云霄的大厦不是浑然天成，而是一块砖一块砖垒出来的。

不要给一颗心裹上坚硬的外壳，不要给它套上牢笼，要空空荡荡，要荒芜，要试着在今天从心开始，刀耕火种。

常常在深夜看见酒醉的人，哼着忧伤的歌儿，趔趄着，扶着月光。他们买了最昂贵的醉，却依然无法安顿灵魂。

最和美的夫妻，应该是天亮时相视一笑，临睡前互道晚安。而晚安，我更愿意解释为：天色已晚，请安顿身心。

我喜欢旅行。不是逃避，不是放松心情，更不是炫耀，而是为了洗一洗身体和灵魂，给自己换一种眼光，甚至是一种生活方式，给生命增加多一种可能性的权枝。记得有人说过：旅行最大的好处，不是能见到多少人，见过多美的风景，而是走着走着，在一个际遇下，突然重新认识了自己。

一叶孤舟，一抹夕阳，一支撑杆，一曲渔歌，一江暖水，一世人间。此情此景，如此美丽，叫人不得不感慨，看到这样的景色，此生足矣。

真正的美景，不是让你尖叫，而是让你平静。生命中需要更多的美，让我们的灵魂平静。

周国平说：老天给了每个人一条命，一颗心，把命照看好，把心安顿好，人生即是圆满。

我不是诗人，我只是在帮那些寒冷的字絮一个暖暖的窝。

我不是诗人，我只是在帮那些流浪的字找一个安静的家。

我要安顿那些字，安顿流浪的脚印，安顿灵魂的月光。

就这样，晚安！

镀着阳光的金项链

对美的向往之心，让这个世界重新看到了自己的希望。

那是一张永远无法定格在胶卷上的脸，那是裱在摄影家心底的一张照片。

那是一群贫苦交加的人对美好生活的渴望。

那是很多年前的事情了，因为我的摄影家朋友略微懂得一些非洲语言，所以争取到了随同新华社记者去索马里难民营采访的机会。他一直有那样一个愿望，要用相机记录下难民们水深火热的日子，唤醒全世界的善良来拯救这样一群在死亡边缘挣扎的人们——他们有黑色的皮肤，有褴褛的衣衫，有在贫苦中依然闪亮的眼睛……

那是一个怎样的居住地啊？像城市里某个垃圾处理场，臭气熏天，尘土飞扬。战争让他们流离失所，饱受了上帝揣在口袋里的所有苦难。

在那里，他摸到了儿童们瘦如鸡爪的手，听到了老人们临终时的哀号和呻吟，看到了妇女们惊恐的眼神……这些都在他的心底烙下了深深的印记。那里的每一个人，随时都有可能死去。一粒药片比一粒金子更珍贵，一次小小的感冒引发的高烧就会将人推下生命的悬崖，死亡平常得已经不能让人感到伤痛了。

但让他无比惊讶的是，在他决定给他们照相的时候，不论男人还是女人，都纷纷去洗脸梳头，把自己收拾得干干净净，像是要赶赴一个节日一样。他想：再贫苦的人，对生活也是充满向往之心的。

其实，他们是在为自己守护那最后一点尊严，让全世界都尊重的，非洲的心。

我的摄影家朋友倾其所有，为他们照满了整个口袋里的胶卷。就在他要离开的时候，一个小姑娘跑过来拽住了他的胳膊，央求他为她照张相。他看到她将自己收拾得干干净净，特别是她的胸前，竟然还戴了一串金光闪闪的项链。她似乎看出了他眼中的惊讶，笑着对他说了项链的秘密。原来那是她用泥巴搓出来的一个个泥球，然后将花粉涂在外面，穿成了项链。

就为了做这个"项链"，她才耽搁了照相。

他拿着相机的手在颤动，他不能告诉她相机里已经没有胶卷了，他不能让这朵开在人世间最苦难之地的花在瞬息之间就凋谢，那是一颗真诚地热爱着生活的心啊。

她对着他的镜头绽放出灿烂的笑，他也不停地摁着谎言的快门，用一个个闪光灯骗过了她的期待。非洲女孩黑黑的脸和灿烂的笑，在那一刻永远定格在了摄影家的灵魂里，再也剜不掉。

回到大使馆后，我的摄影家朋友想尽办法向工作人员要了几个胶卷。他迫不及待地要求再回到难民营一趟，想为那个女孩补照几张照片，前后辗转约有二十多天。他不知道，这二十天，一个满怀期待的生命就走到了生命的尽头。

一次简单的感冒，就让她永远地睡着了。

小女孩躺在母亲的怀里，已经离开了苦难的人世，胸前的那串项链依然镀着阳光的色彩，刺得人的眼睛有种无法回避的疼痛。

那母亲说，这二十天是孩子最快乐的日子，她每天都在盼望能看到她的照片，看到自己在灿烂的阳光下，像花一样开放。她临终前的最后一刻还在问：中国叔叔来了吗？

这就是生命。在那最贫苦的地方，苦难的灵魂涂抹上阳光的色彩，变成珍珠，穿成了美丽的项链……

对美的向往之心，让这个世界重新看到了自己的希望。

爱的人，我赠她以白云

在他们眼里的天堂里，云朵是必不可少的灯笼。

诗人刘年说："不爱的人，我赠她以黄金；爱的人，我赠她以白云。"

诗人眼中的黄金与白云，颠覆了我们多年的认知。我们常常以黄金比喻一些珍贵的事物，殊不知，在诗人眼中那反而是恶俗。

能打动他们心灵的，唯有白云。

云是反方向坠落的叶子。诗人是负责打扫的人，他们总是试图搭个梯子，追到天上去。

在他们眼中的天堂里，云朵是必不可少的灯笼。

沈从文喜欢描绘云朵。在他看来，云也有云的地方性——北方的云厚重，人也同样那么厚重；南方的云活泼，人也同样那么活泼。

沈从文是固执的，他喜欢的东西，便会全力以赴。这种性格在他追求张兆和的时候，很明显地体现了出来。虽然当时张兆和并不喜欢他，甚至都到校长那里告发他了，但他依然不屈不挠。

尽管沈从文被拒绝了无数次，甚至连校长都婉转劝说了他，但他仍然没有放弃，直到张兆和被感动为止。

有人评价沈从文性格说他外表看起来很谦和，还有些柔弱，不过隐藏在这份柔弱之下真正的他，却是一个不愿随波逐流、性格刚直的人，而沈从文对亲人、朋友都很关心，对后辈也是非常慈祥的。不过沈从文那份固执己见、不愿接受新思想的性格，还是给他带来了一些烦恼，让他一度出现了抑郁症，甚至住进了精神病院，但他最终还是从里面走了出来，并做出了一些新的改变，又在创作之外的事业上有了一定成就。

从沈从文一生的经历中可以看出，他是一个不惧艰辛、肯上进的人，另外沈从文也是一个勇敢坚强的人，最为难得的，他为人非常谦和，对身边人也是很关心的，虽然他看起来有些柔弱，但是他的所作所为却无一不显示着他的坚强。如此，他才会说出如此动人的话："我行过许多地方的桥，看过许多次数的云，喝过许多种类的酒，却只爱过一个正当最好年龄的人。"

古往今来，在生命中永葆一分天真品质的文人不多，而苏东坡怕是最能和沈从文遥遥相惜的一位。

苏东坡被贬黄州时，与朋友出去游玩，有一项重要的娱乐活动，就是"挟弹击江水"。这种游戏，不知是拿弹弓将石子打到江水里，看谁打得远，还是类似于我们儿时玩的"打水漂"，拿一块小瓦片或者石头，贴着水面上一跳一跳地漂过去，激起一串串浪花。

不管是哪一种，作为一个年过四十五岁的中年人，在仕途备受挫折的境遇下能玩这种充满童趣的游戏，的确天真得可爱。

比这更可爱的是，他居然会用竹箱去捉白云。看得到、摸不着的白云也是可以用箱子去装的吗？

苏东坡这样交代创作《攓云篇》这首诗的缘由：他从城中回来的路上，看到白云从山中涌出，像奔腾的群马，直入他的车中，在他的手肘和腿胯之处到处乱窜，于是他将白云装了满满一竹箱，带回家，再将白云放出来，看它们变化腾挪而去。所以他的诗中有这样的句子："抟取置筒中，提携返茅舍。开缄乃放之，掣去仍变化。"在他眼里，这些白云就像飞禽走兽一样，被他赏玩一番，又放回去了。

小时候学过课文《看云识天气》，然后就整天抬头望云，煞有介事地和父母显摆——看，那朵好像积雨云，一会儿保准要下雨，快把衣服收回来吧。结果小半天过去了，天气依然晴朗，那所谓的"积雨云"已消散得无影无踪。父亲并未嘲笑我，他说每个人看云，都会有自己的想法，你心里想着什么就能看到什么。

中年以后再看云，不仅为了识别天气，更多的是为了识别人心。云彩的美丽提醒我们：不可辜负如花美眷、似水流年，要轻盈，不可堕落。

和小米粒儿坐车去父母家，她看到一朵云很低很低，说："那朵云真淘气。"我说："或许它想到地上来玩儿吧。"她来了兴致："嗯，它贪玩儿，跑到地上来了。"我问："那要是来了一阵风会怎么样呢？"她想了想说："就被刮跑啦！"

"那么，会刮到哪里去呢？"

"树上！"

"那么，挂到树上的云，还能做什么呢？"

此刻，正是冬天，她看到了一只小麻雀落到树枝上，然后又吹着口哨把另外一只小麻雀也叫了过来，小麻雀越来越多，把树枝当成了鸟巢。

米粒儿欢呼雀跃："让那朵云做小麻雀们的窝吧，多暖和啊，小麻雀们冬天就不会冷了。"

看吧，人间万物，就是如此相爱的！

第六辑 ——

我打扫天空，你邀请太阳

我想，万物都是有灵的吧。这棵老木，垂垂朽矣，

可是竟然使劲将自己抽巴巴的身体，

再焕发出一次青春来。那是对我们善念的回报啊！

那颤巍巍地冒出来的几丝柔绿，

仿佛一团瑟瑟发抖的暖。借着那微弱的一团暖意，

多冷的冬天我都不再畏惧。

向日葵

向日葵长高了，他的心也一点点靠近了太阳。

墙高得挡住了风，挡住了季节，挡住了一颗向上生长的心。

一个晒太阳的囚犯，闪着光秃秃的脑袋，呆呆地注视着刚刚粉刷过的墙皮，好像在阅读一张旧广告，孜孜不倦。

洁白的墙上什么也没有，除了他光秃秃的背影。他却在孜孜不倦地读，似乎从中读出了整个世界。

囚犯每天出来放风的时候，都会呆呆地注视那面墙。士兵向监狱长报告，说他有轻生之念。在这之后的一段时间里，监狱长绞尽脑汁，想出各种各样的办法，试图打消囚犯的轻生之念。他请艺术家们来演出，请心理学家给囚犯讲故事，他还精心伪造了一封已经与囚犯离了婚的妻子的来信，信中写满了温柔，可这个小把戏最终也被囚犯看出了破绽。"不知道是谁拿我寻开心，"囚犯说，"你看写信的这个日子。"监狱长看见信的落款写着"四月一日"，不禁骂起自己的粗心来了，怎么选了"愚人节"写这封信？

就在监狱长一筹莫展的时候，情况发生了一些变化。在靠近墙根的地方长出一棵向日葵来，那是高墙内唯一的绿色。监狱长奇怪地发现，那个囚犯不再盯着那面墙看了，而是把目光转向了这棵向日葵。"这是最后的机会了。"监狱长忽然又看到了希望，他叫人把那棵向日葵用一个围栏围了起来。

向日葵一天天地在长高，监狱长在囚犯的眼神中看到了一棵小的向日葵。

监狱长的心暂时平静了一些，现在他要做的，就是让人无论如何也要看护好那棵向日葵。

一天深夜，狂风伴着骤雨席卷而来，电线全被吹断了。在这之前，上级曾来电命令，严密看管狱中囚犯，以防他们越狱。果然不出所料，那个囚犯趁混乱之机，带上几根早已准备好的绳子，向墙外爬去。由于太过匆忙，绳子没有系牢，他重重地摔了下来，却摔在一个人的身上。

那个人是监狱长，他被砸得不轻。原来，他怕大风把那棵向日葵吹倒，怕骤雨将一颗向上生长的心熄灭，所以用身体护着那棵向日葵，碰巧将这个越狱逃跑的家伙逮个正着。

"你护着这棵向日葵干吗？"囚犯有些不解地问道。

"因为它给你带来过希望，不是吗？"监狱长说道，"迟早有一天，它会高过这面墙的。"

第二天，监狱长并没有向上级汇报囚犯越狱这件事，只是简简单单地汇报说，一切正常。

监狱长领着囚犯的孩子来看他，囚犯不敢相信一个犯人的孩子竟然被那么多人关爱着。监狱长在囚犯入狱那天起就把孩子接到了自己家里，并给了孩子全方位的照顾。"你看，孩子期末考试考了个双百呢！"囚犯握着试卷的双手在抖，一滴泪在纸上迅速洇开了，形状竟像一个展开笑脸的葵花。

向日葵又长高了，需要仰望了！

一天，监狱长拎了一瓶酒来找他。"庆祝一下，"监狱长说，"向日葵终于高过那面墙了！早上我特意搭梯子量过的。"

囚犯真正快乐起来了。向日葵长高了，他的心也一点点靠近了太阳。

监狱长在向日葵的附近刨出了一小块地，然后发给监狱里的囚犯们每人一粒葵花籽。他让他们种下一个希望，让向日葵和他们的心一起生长，一起品哑快乐的滋味。

囚犯出狱的那天，监狱长在身后送他。监狱长生得很矮，给人一种很敦实的感觉。可是阳光却将他的影子抻得很长，像一株顽强的植物，像那棵向日葵，高过墙的向日葵。囚犯冲着他长久地鞠了一躬。当他转身走掉的时候，向日葵的影子像穿了鞋子一般跟着他走，走进阳光中来，走到生活中去。

依靠

他们有一句没一句地唠着家常，张家长李家短，闲言碎语串成了他们的一个个简单的日子。

父亲前列腺增生做了手术，住院的时候，我们几个儿女轮番陪护，母亲每天都要来，她身体不好，每次来都很费劲，来了之后，也不和父亲说什么，就那么长时间地坐在父亲的病床上，偶尔困了，还会打起盹儿来。

妻子看她来了也是遭罪，不让她来，她却每天早早就把自己收拾妥当，非来不可。妻子不理解，我说，父母一辈子都没分开过，他们可以一整天一句话都不说，但必须彼此能够感受到彼此的呼吸。

这就是依靠。

这是他们一生的习惯了：一个烧火，一个做饭。

我们吃的每一顿饭几乎都是父母合作的。

有一次，父亲因为去别人家里帮工，没有给母亲烧火，结果母亲做出的饭就煳锅了。

还有一次，母亲不在家，父亲笨手笨脚地一边烧火一边做

223

饭，忙得满头大汗，饭却做得一塌糊涂。

当屋子里没有食物的香味时，我知道，父母不在。

当屋子里重新有了食物的香味时，我知道，父母回来了。我迷恋屋子里食物的香味，那样会让我踏实下来。

每次母亲做饭，父亲都会在灶膛边蹲下来，一根一根地往灶膛里添柴火，那火光映到父亲的脸上，像镀了一层灿烂的霞光。他们有一句没一句地唠着家常，张家长李家短，闲言碎语串成了他们的一个个简单的日子。

父亲烧火，母亲做饭，这就是他们单一的爱情，最简单的幸福。

这就是依靠。

赵伯又上路了，风雨无阻。跟在他那疯疯癫癫的婆娘后面，丈量着贫苦琐碎的生活。他不知道他这辈子会跟着她走多久，他只知道，他必须跟在她身后，做她的一把伞、一根拐杖，或者是一树阴凉。

从他们的儿子在矿难中丧生起，阿婆开始疯癫，开始到处游走。阿婆走到哪里，都要问："看到俺儿子了吗？"

阿婆见到什么都想买，赵伯只好当面给她买下了，回头又和卖主赔笑脸，把东西退回去。很多时候是退不掉的，所以，总能在大街上看到这样的景象：阿婆在前边兴奋异常，引吭高歌，而赵伯跟在后面，拎着大袋小袋，汗流浃背。

阿婆在夏天也会围着头巾，穿着厚厚的呢子大衣。令人奇怪的是，看不到阿婆流汗。倒是跟在后面的赵伯，穿着个背心还大汗淋漓的，仿佛天上的太阳故意为难他，往他的身上多拨了几朵光焰似的。

每次见到他们，我都会很远就打招呼。阿婆照例还是千篇一律的那句："看到俺儿子了吗？"赵伯则憨憨地对我笑笑，不说什么，脸上亦看不出悲苦。

终于，有一次我忍不住劝赵伯，不如送阿婆去精神病院吧，你也好歇歇。赵伯摇摇头说，不妥，现在这样很好啊，我一点不觉得累。在家里窝着也是一天，在外散步也是一天，还能呼吸到野外的新鲜空气，看看没有被污染的云彩，顺便欣赏欣赏山里的风景……一辈子没陪阿婆郊游过的赵伯，把这些当成了是对阿婆的弥补。

我看到赵伯握着一束山花，那灿烂的花，握在他苍老的手心里，显得有些不伦不类，却又那么自然。

后来的一个早晨，我看到了赵伯心急火燎地走着，手上拎着一袋子新买的棉花。我问他怎么没见到阿婆。他说阿婆快不行了，看来这次要真的走了。他买了很多棉花，他说阿婆一辈子都怕冷，要给她做件厚厚的棉衣。

"走吧，让她能够暖乎乎地上路。"赵伯说这些的时候，脸上依旧没有悲苦的颜色，只有淡定、从容，仿佛前来引领阿婆的不是死神，而是幸福。

赵伯就这样陪着阿婆，慢慢把苦难的人生走尽。

这就是依靠。

邻居一对老两口几乎同时去世，前后相差不到五分钟。

那是发生在我身边的关于两个残疾人的真实故事：

他是一个孤儿，或许是因为残疾，父母将他遗弃，或许是别的原因，反正他不知道父母在哪里，也不知道自己姓什么叫什么。有人问起，他就干脆叫自己"吴名"。从懂事的时候开始，他就与垃圾为伍了。每日里在一个个垃圾箱里翻来倒去，捡拾些可以卖钱的东西，艰难度日。十五岁的时候，他在一个垃圾箱旁，看到一个十来岁的女娃，在那里翻垃圾吃。他有些心疼，就带她回了他自己的小窝棚里。从此，他就像对待自己亲妹妹一样地照顾她。

女娃有点轻微的弱智，而他瘸腿，这两个被苦难腌制的生命，从此谁也离不开谁。

如果捡到了一点好东西，比如别人吃剩的半截火腿肠或者破碎的茶蛋什么的，他都舍不得吃，给她留着。她也是，捡到了好东西也给他留着。有一次，她在另一个垃圾箱里捡到了半瓶酒，她兴奋地跑过来，递给他。那是他生平第一次闻到酒的味道，很难闻，但他不明白那些男人为什么喜欢喝酒。他尝试着将它们喝了下去，结果醉得不行，她费了好大的劲才把他拖回家去。

女娃一点点长大了，到了谈婚论嫁的年龄，没想到，她哪儿也不去，就认准了他。她说要嫁也是嫁给他。就这样，他们结婚了。

　　靠着捡垃圾，他们竟然一点点盖起了自己的房子，虽然很简陋，但毕竟是自己的。他们有了自己的孩子，孩子是健康的。他们依旧是靠着捡垃圾把孩子供上了大学，参加了工作。苦了一辈子，到了该享福的时候，两个人却一起离开了人世。

　　他们一辈子形影不离，哪怕是死，仿佛都约定好了一样。

　　这就是依靠。

萤火虫不舍得熄灭

最初的萤火，即为信仰。我相信在这个世界上，它是不灭的。

昨晚抓到一只萤火虫，今早死了，现在是中午，死了几个小时了，还在发光。米粒儿问我："为什么萤火虫死了还会发光呢？"

我说："因为它不舍得熄灭。"

萤火虫，所有人都看出它的虚弱，只有我，能辨别出它天性里的倔强。因为在我的意识里，我就是这样一只萤火虫。每一天，不能发出太多的光，医生说，熬夜写作会掏空你的身体，你要懂得节制，所以，我要在每晚十点之前，准时熄灭自己。

某一天，我若躺在病床上，我会对哭泣的米粒儿说，宝贝，别伤心，萤火虫不舍得死去，也不会熄灭，它只是节约用电而已。

我是个矛盾体：一边喝咖啡提神，抵抗睡意，一边吃安眠药，让睡意回到自己体内；一边期待月光朗朗，一边期待下一场酣畅淋漓的雨；一边启动思想的开关，一边又迅速摁灭身体里的闪电。

此刻，我在夜里寻找出口，我想进入梦乡，可是两杯咖啡让我找不到梦的入口。

坐的时间久了，就会离开书桌，换一种方式，比如站着读书，趴在床上写笔记。夜里，最辛苦的不是我，而是一盏小台灯，它总是被我不停地从书房拿到卧室，再从卧室拿到书房。

母亲总告诉我，离鲜艳的女人远一点。鲜艳的女人，在母亲眼里，是什么样子的呢？或许是行为不检点，举止轻浮，大概都归于此类。母亲是怕我走了歪路吧，鲜艳的，引你走向的不一定都是桃林，也有可能是陷阱。我谨记母亲的教诲，没惹出什么桃花债来。事实上，我也实在没有那样的精力去涉足"桃林"，文字就是我的桃花源，此生也只能和文字传出绯闻来了。

文字是我的信仰，是我发出的光，即便微弱，但倔强地不肯熄灭。我的一生，反复抒写着远方，从此刻开始，我终于可以把远方，从心头卸下。

能随口唱出的，都不算赞歌。真正的赞美，必有泪水的浸泡。

一口烈酒，半盏月光，够我写出二十四行动情的诗章。二十四行诗，里面洞藏玄机——如果一首诗是一具身体，那么每一行诗就都是一根肋骨。

正好二十四根肋骨，那是怎样旺盛的火炬！

爱过我的人，轻视过我的人，都在我的诗行里，我从不厚此薄彼。爱我的给我以血液，轻视我的给我以冷水，这些，都是可以用来书写的墨汁。

我写起诗歌时的状态，如同义无反顾的雪，从天界飞落的精灵，卸掉翅膀，爱上人间。

远方很远，而且冰凉，我却用心缠住，不舍得松开。

我对于意象的过分迷恋，就好比年轻时对词语的过分追逐，如同蝶恋花，蜂逐香，这其实都是一种醉态。饮酒的人乐在其中，我们把自己的情态展示给世人看，任由评说。我们只想一吐为快，宣泄快感，这就是抒情。

一种是生活的选择，一种是灵魂的安排。

中年之后的人生，露出了灵魂的马脚。我们是模样、大小都一样的水滴，可就是无法融入彼此。一层透明且坚硬的东西，横亘在我们之间，学者们叫它玻璃，诗人们叫它命运，我叫它信仰的背离。初心若是更改，即便亲密如发小，也无法再回到同一个轨道。所以，曾经拥有同心圆的友人，离去便离去吧，这不是你能决定的。你们各自的脚步，都已距离同心的那部分，渐行渐远。

剩余的日子，尽量做到不被日常琐事烦扰，听从内心。遇到安静的人，心情自然会好起来。如果可以许愿，我并不奢求所有的荒芜里都生出绿色，也不奢求所有的贫瘠里都能长出丰盈，而是在那荒芜和贫瘠里埋下种子，并靠着它自己的力量，把绿色和丰盈蔓延开去。

我不能丢下的，就是文字的种子。信仰如此神奇，你坚信什么，世界就会为你长出什么。

一只萤火虫死去，另一只萤火虫亮起，它们生生不息，从不会熄灭。就像我在夜里搬来搬去的那一盏小台灯。

时节流转，不管我们走到哪儿，都别忘了带上爱；不管我们再贫寒，也要带着善良。它们都是我们身上最初的萤火，暖身，暖心。

最初的萤火，即为信仰。我相信这个世界上，它是不灭的。灰烬里，取出唯一的亮，那是我烧不化的一块骨头。如果我是佛，那便是我的舍利。

爱之寻

有爱，天涯不远，有爱，寒冬尚暖。

　　母亲这一生，似乎已习惯了寻找。尤其是老了以后，记忆力衰退，忘记的东西越来越多，寻找的东西也就越来越多，钥匙、老花镜、顶针……随手放在哪里，回头就忘了。周而复始地寻找，成了母亲每天做不完的功课。

　　小时候，母亲总是做好饭后开始寻找，寻找我们回家吃饭，因为她的嗓音不够响亮，不像左邻张大妈声如洪钟、响彻云霄，也不像右舍李阿姨京韵十足、绕梁三日，在我印象里，母亲很少大声说过话，所以她不喊，只是去寻找。她大致可以知道我们玩耍的地方，所以，每次也都可以很顺利地找到我们。

　　可是也有例外，因为我顽劣，有时候故意和母亲"藏猫猫"，让她找不到我，她只好一声高过一声地唤我，直到我的耳膜受不了，才跑出来扑进她的怀里。她嗔怪我，照我的屁股打几下，却一点都不疼，反而有些痒。不过，我还是看到母亲额头的汗水，感受到了她的焦急，所以，从此也就不再故意藏起来了。

　　放学的时候，如果赶上下雨天，我总是不去躲避，故意让自己淋湿。快到家门口的时候，如果雨点小，我还会在雨里多待一会儿，只为了母亲带着雨伞跑出来寻我，回家后心疼地帮我换衣服，帮我擦头发，把我抱在怀里为我驱寒。然后顾不得自己浑身已湿透，又跑出去，并叮嘱我："在家好好待着，我去寻你姐姐，她也没有带伞呢！"

找完姐姐，还有哥哥。母亲心心念念，一遍遍寻找，就因为我们是她的骨肉！

母亲事无巨细，为我们操碎了心。

有一次我要出一趟远差，母亲当成天大的事一般，不一会儿就惊呼一声"对了"，然后小跑着去附近的店铺，买了东西回来就往我的包里塞。不一会儿又跑出去了，直到把包塞得满满当当，可还是觉得缺少什么似的。车子马上要开了，她又惊呼了一声"对了"，我说："妈，够了，啥都不缺了，包都要爆炸啦。"她还是小跑着去了，很快回来。她竟然为我买了一块带指南针的手表，她说我总是爱迷路，戴着这块手表，总会有些用处的。

母亲算好的时间，我那边刚一下车，电话就打过来了。问我旅途是否顺利，问我是否迷路了，问我指南针是否派上了用场……让我哭笑不得。

我知道，有母亲在，心就永远不会迷路。即便真的迷路了，流浪到天涯海角，母亲也会把我寻回来！

从小到大，一直都是母亲在寻我们，可是有一天，母亲忽然失踪了，换成了我们去寻找她。母亲患有间歇性的失忆症，某个时间段，就忽然什么都不记得了。有一次，母亲独自出门，好久都不见回来。这可急坏了我们，我们满大街去找也没找到，没办法，只好去派出所求助。到了派出所，正好看到母亲坐在椅子上，焦急地向外张望。原来是遇到好心人了，没办法问出来母亲的住址，只好送到了派出所。

我们不禁埋怨起母亲来，明知道自己有间歇性失忆症，还自己一个人走。恢复记忆的母亲像个犯了错的孩子，不停地搓着手，喃喃地说："我只是想去买点荞麦，知道你们今天要回来，想给你们做荞麦蒸饺。"

我们一时无语，母亲无时无刻想的不是我们啊。

周末回到母亲身边，早上起床，我的袜子又习惯性地单飞了，我也习惯性地喊："妈，帮我把袜子拿来。"喊完之后我才猛然想起，母亲的眼睛已经看不见任何东西了。我赶紧从卧室跑出来，却看见母亲正跪在客厅的地板上，双手一点点向沙发下探着，满地摸索着我那只淘气的袜子。

每次别离，母亲都会在门前送我，一直送到我拐了弯儿看不见为止，每一次，我都不回头，也不和她招手，我知道，那样妈妈会更难过，每一次别离都让母亲的心闪了一下。母亲不是闪电，闪电不会弯、不会旧，不会枯萎、不会生锈，可是母亲，闪一下就衰老一截。

现在，母亲的眼睛什么都看不见了，可是每次离开，母亲还是坚持在门口看着我走。她就那么扶着门框，循着我远去的方向，好像能看见我一样。其实，她寻到的只是一个越来越小的影子。

这一次，我却不停地回头。我和她招手，惊讶地发现，母亲竟然也在同时向我挥着手，好像感应到了她的儿子一样！

有爱，天涯不远；有爱，寒冬尚暖。寻找，只是母爱的一个小小注解，是母亲汪洋大海的爱里的一朵浪花，是母亲盘根错节的爱里的一缕根须。但就是这一个小小注解，解开了爱的千古之谜；就是这一朵浪花，泄露了大海的古道热肠；就是这一缕根须，缠绕着我们一生，让我们的心，一寸一寸，生出古朴的根。

永不愠怒的爱

耐心地看着孩子一遍遍地玩着相同的游戏，却不愠怒。这里固然有好脾气的缘故，但更多的是源于心底那份无私的爱。

那是我见过的最可爱的母子俩了吧。

最近几天下了很大的雪，公园里堆出一个大大的雪堆来。每天下班回家，我都要从公园里穿过。那天，我看到一个母亲领着一个八九岁的孩子放学回家，我看到那个孩子"噌"的一下就跑到了雪堆上去。由于每个路过的孩子都喜欢上去打滑玩，使它变成了一个天然的大滑梯。

孩子跑上去滑下来，再跑上去再滑下来，如此反复，而那个做母亲的就那么耐心地微笑着看着她的儿子"淘气"。

那孩子可爱极了，欢天喜地地玩着，令我忍不住在不远处停下了脚步。

"天冷，咱们早点回家吧，别感冒了。"母亲终于开始催促孩子。

"妈妈，你让我再玩一会儿吧。"孩子恳求着。

"那就再玩会儿吧，不许把帽子摘下来。"母亲应着。

孩子便又玩了将近一刻钟的时间。

丈夫打来电话，询问她们娘儿俩为什么还没回家，她柔声地回着丈夫：孩子在玩呢，一会儿就回家了。

终于，母亲第二遍催促孩子，孩子有些恋恋不舍地跟着母亲走了，走了大概十多步远的时候，孩子转过头，又看了一眼那高高的"滑梯"，对母亲说："妈妈，我还想再滑一次。"我猜想再好脾气的母亲也该动怒了吧，可令我大感意外的，那母亲竟然"嗯"了一声，然后就那么美滋滋地看着她的孩子冲锋陷阵，又一次对那个"雪山"进行了征服。当然，孩子食言了，滑了这次又滑那次，终于玩累的时候，天也渐渐黑了，这才主动和妈妈走掉了。而在这期间，母亲就那么一直在雪地里站着，微笑地看着，没有半点的不耐烦。

这算是母爱的一种吧，很固执、很死心眼儿的一种，耐心地看着孩子一遍遍地玩着相同的游戏，却不愠怒。这里固然有好脾气的缘故，但更多的是源于心底那份无私的爱。我想到我平时对孩子的苛刻，除了学习还是学习，小小的心灵似乎从出生开始就被套上了枷锁，纵然孩子的心是长着翅膀的，怕是也飞不起来的。

明天是周末，我要带孩子去滑雪，这里就当成是第一站吧。

这样想的时候，手机响了，妻子的饭菜都做好了，问我在哪里，我告诉她，我在一座宝藏的旁边。

爱，不必喧嚣

真正的爱的付出，就像吹在这个世间的和风，它不会因为受惠者是否向它致意，而停下脚步。爱，是不必喧嚣的。

由于家庭困难，并且学习成绩优异，妻子最小的妹妹上学的时候，被一对一帮扶过。整个初中和高中，她的学费都来自那个帮扶的人。每次五妹考完试，都会写信给那个人，告诉她自己的开心。那个人也会很快寄来一封鼓励的信，连带着寄来一些书或者其他学习用品作为奖励。考上大学的时候，五妹说想去看看他，当面感谢他这些年的帮助。那个人拒绝了，他说，不用感谢，只要五妹好好学习就行，将来有一天，如果有能力就去帮扶其他人。

五妹大学毕业后做了一名教师，写信告诉了他，并且依然固执地希望可以见他一面。很久之后他才回了一封信，告诉五妹，他已经退休了，收发室的人是通过好几个人才转给他这封信的。他说："懂得感恩是好的，但也不要因此让自己背上沉重的包袱，其实，给别人以帮助，那个人本身也是幸福的，我在自己有能力的时候，帮扶过一个人，感到很骄傲。所以，你不用太在意这一点点帮助，用那些给我买礼物的钱，去接着帮扶其他人吧。我现在啊，正精神饱满地准备游遍祖国的大江南北呢！"

自始至终，五妹都没有见过这个好心人，他一次次地给五妹卸掉压力，让她轻装前行，他就像夏日里的一缕微风，惬意而清爽地在五妹的耳畔和心头吹过。

好多年过去了，虽然那个好心人不再和五妹联系，但他对五妹的影响是一生的。作为一名教师，五妹爱学生如爱子。班上来了后进生，调皮、捣蛋，不爱学习，她把他放在了第一排。天冷了，她提醒同学加衣服；天热了，她让学生多喝水。下课之前，先叮嘱上下楼梯的安全；上课之后，要求学生认真听讲，谁也不掉队。尽管孩子们已是六年级的大孩子了，打扫卫生时，她依旧告诉他们灰尘会污染，动作要轻。一个孩子爬上窗台擦玻璃，她一急，脱口而出："宝贝，小心！"同学们的目光齐刷刷地盯在了她的身上，她说："同学们，我只称呼自己的孩子为'宝贝'，今天老师把你们当作我自己的孩子了。"孩子们笑着，也许他们还不太懂得老师的爱，那又有什么关系呢？

作家马德通过一篇文章里的主人公之口说出这样的话："一阵风，从一个大汗淋漓的人的耳际擦过，它会停下来等待那个人的感恩吗？真正的爱的付出，就像吹在这个世间的和风，它不会因为受惠者是否向它致意，而停下脚步。爱，是不必喧嚣的。"

说得真好！爱，不必喧嚣，人间更多的爱，是沉静无声的。

我见过，为了尊重截肢的同伴而集体不谢幕的合唱团的孩子们，他们每个人的脸上都洋溢着笑意，每个人在排练的时候，都曾无数次地背过那个截肢的同伴，从无怨言；我见过，一个穷孩子为了省电而在学校学习到十一点才回家，他不知道，大门是十点就关的，而守门的大爷为了他，一直坚持着十一点才关门。我见过，雨天，一个幼儿在窗台玩耍，眼看就要从楼上掉下来，路过的两位农民工在楼下紧张地伸出手。孩子掉下来的一刹那被他们接住了，他们把孩子交给家长，匆匆走掉，他们说工地上还等着他们干活呢。他们或许平凡，这一刻却无比伟岸……

这些默默无闻的爱，就像和煦的风吹过，里面裹挟着浓浓的暗香。

下班的时候，收发室的老张喊住我，递给我一封信。这年月写信倒是很稀奇了。我看上面写着"转李双玉收"，给五妹打电话，问她自己有单位，为什么费事地要我转一下呢？她说，她帮扶了两个山村里的孩子，那里很偏僻，连电话都不通，其中一个孩子的家长写信来，非要见见她，她就谎称自己外出学习了，为了把这善意的谎言编得圆满一些，就把写信地址换到我这儿了……

我感到一股惬意的风吹过。那是夏日的微风，它从来不会因为没有得到人的感恩而收起翅膀。

它不停歇地吹，让一只蚂蚁鼓足了勇气，在荒凉的人世间跑来跑去；它不停歇地吹，让这潦草的人间，有了一种难以言说的和谐庄重之美。

这人世间最微小的风，却吹响了人世间最美的天籁。

蔓延的花香

仔细看看那花，确实全身都长满了花蕾，虽然还没有开花，而我们似乎已闻到了浓浓的花香，在满世界蔓延开来。

有一天，对面邻居在楼道里放了很大的一盆花。看样子好像是要扔掉。我是个爱花之人，况且新搬来这个楼没多久，家里还没有置办一盆花，便想把它要来。我试着去敲那家的门，门开了，一个穿着睡衣的男人好像没睡醒的样子，一张脸仍然被好梦和噩梦纠缠着。

"不好意思，打扰您了，我是对面新来的邻居，来和您打个招呼。"

"哦，你好，你好。"他使劲甩了甩脑袋，试图把瞌睡虫赶跑。

"我想问问您，门口的这盆花，是否可以送给我呢？"

他停顿了一下，然后微笑着说："当然当然，如果喜欢你就搬回去好了。"

我乐不可支。他主动帮我把那盆花抬了进来。

我围着那盆花，搓着手，龇着牙，左看看，右瞧瞧，哪点也不像有病的样子啊，疑惑着那家人为什么要把它扔掉呢。

不一会儿，我听到有人敲门，我开门看到是对面的他。手里拿着一个小喷壶，对我说："我家里有好几个浇花的小喷壶，我刚才来，看你家里没有花，知道肯定没有这个，省得你买了，送你一个。"我连声道谢，这邻居，真是热心肠的人。

又过了没多大一会儿，又敲门了。我开门，看见还是他。

"不好意思啊，打扰你休息了。"他说，"那盆花吧，这两天有点生小虫子了，明天你去花店买点驱虫药啥的，免得你家里到处都是那种小飞虫。"

我不禁感慨，这年头，有这样热心的邻居还真是太少了。我是多么幸运，能与之为邻。

妻子回来，看到这盆花儿，喜欢得不得了，问我花多少钱买的。我说是对面邻居家要扔掉，我要回来的。

"真是个不爱花的人，这么好的花，怎么说扔就要扔掉呢？"妻子一边用纸巾轻轻擦拭花的叶子，一边小声嘟囔着。

"就是啊，谁像你，简直就是个花痴。"我取笑她。

就在这时，我听到对面有人敲门，继而听到了一段令我脸红的对话。

"老公，给我开门，我忘记带钥匙了。"

门开了。

"老公，你把花搬回去了？"

"没有，那盆花让我送给对面的邻居了，他刚搬来，家里一盆花都没有，人挺好的。"

"那可是我最喜欢的一盆啊，你怎么能送人了呢？我让你把它放到楼道里，是为了让它通通风。没想让你送人啊。"

"没事，只要都是爱花的人，花放在哪里不都一样。"

"唉，你呀，就知道自作主张。算了，送了就送了吧，总不能再去要回来。"

"……

我愣住了，原来人家并没有准备扔掉啊，这事弄的。我的脸羞得通红，妻子却乐得前仰后合。

"把花还给人家吧，如果人家为这个事吵起来就不好了。"妻子说。

可是我真的挺舍不得的，如果当作没听见，不就完了吗？得，不管了，要送也明天再说吧。

"咚咚咚"，又有人敲门，唉，这一天啊，这门还没消停过。

我通过猫眼看过去，看到是对面的两口子，我想完了，这女的一定是要她的花来了。

我开门，那女的一脸笑容说道："这盆花啊，挺不好养的，我这个本上记录了一些它的习性，你们看看吧，希望能有点用。"

"谢谢，谢谢……"我和妻子着实有点慌了，竟然忘了请他们进屋来坐。

"对了，忘了告诉您。"在她关门的刹那，又一次探出红扑扑的脸来，"那盆花啊，估计要开花了，这几天不能浇太多的水……"

　　转身回来，看着那盆花，我和妻子无形中竟感到了一种责任和压力。这不仅是一盆花，更是一颗有些偏执的爱花的心啊。

　　仔细看看那花，确实全身都长满了花蕾，虽然还没有开花，而我们似乎已闻到了浓浓的花香，在满世界蔓延开来。

陪伴疼痛

我不能替妈疼，但我可以陪着她疼。

岳母最近心脏不好，每天总有几个时间段会疼得掉眼泪。可是她忍着不告诉我们，最后还是岳父忍不住说了实情。事不宜迟，我们联系省城的医院，安排岳母去住院治疗，为此，姐妹几个忙得团团转。

姐妹几个不差钱，差的是时间。白天都要工作，晚上的应酬也是一大堆，这一下都打乱了生活的节奏。家在农村的三妹说，我去陪护，你们该上班的上班，尽量别耽误工作。

我们知道三妹家里除了孩子要照顾，还有一大群鸡鸭鹅，恰巧还赶上农忙时节，所以都不让她来。她执拗地说："我不能替妈疼，但我可以陪着她疼。"

我们都为她的这句话动容。

三妹细心妥帖，一个人可以顶好几个，岳母喜欢被她照顾。有她在，我们也都很放心。

夜里，三妹困极了，就偎在母亲身边睡着了，那一晚睡得真香，母亲也难得的安静。

她醒来的时候，看见母亲正慈爱地看着她。她看到母亲嘴唇上的血渍！原来，母亲疼了一晚，可是却怕惊醒她，就拼命地咬着嘴唇，忍受着刺骨般的疼痛。

三妹的眼泪哗啦啦地流出来，她埋怨自己睡得那么死。母亲说："你太累了，歇歇吧。你这么抱着我，我还真就不那么疼了。"

岳父每天和岳母通电话，询问病情，每次都嚷嚷着要去医院。医院人满为患，我们不让他来，他说："没啥，就是想陪陪你妈。"

我们都理解，平时争吵不断的老两口，到了生命的紧要关头，最需要的仍然是彼此的陪伴。

老岳父来了，连个坐的地方都没有，他就那么一直站着，一言不发，看着岳母打针吃药，呻吟哀叹。

这种陪伴，无法替代。

妻子为此上火牙疼，疼得无所适从。我手足无措，对她说："真希望可以分一半疼痛给我。"不知道是不是老天爷耳朵太灵了，当天夜里，我的痛风犯了，脚丫子针扎似的疼。而妻子的牙疼似乎真的轻了些，幸福的鼾声缓缓飘来。我却辗转反侧不能入眠，小米粒儿不知道怎么就醒了，大概是父女连心的缘故吧，她替我擦拭满头的汗水，然后抱紧我，问我："爸爸，我抱着你，你好点儿了吗？"

小米粒儿的话像羽毛一样，暖暖地拂过我的心间。说真的，脚还真的不那么疼了，我想，一定是她替我分担了一部分疼痛。

而那一刻，我最大的想法是，不能让自己的身体出任何问题，不能给孩子增加负担，我真的不忍心，让她陪着我疼。

歌手李健的父亲患了癌症，肠癌。到了最后，要上厕所的时候，几乎都无法步行，实在不行了，李健就背着爸爸去上厕所，扶着他去。在爸爸最后的时候，对李健说了一句话："原谅爸爸！"

这句话成了至今最让李健难过的话。他知道，父亲是怕麻烦到他，因为那时治病什么的都是李健在花钱，父亲觉得是给儿子增加了好多负担，现在连上厕所都还要儿子背、儿子扶。

"我觉得他对我太客气了。父子之间怎么能用'原谅'呢？这完全是我应该做的事。"李健说，"看到爸爸那么疼，我却无能为力，只能尽力陪着他疼。"

陪着他疼，陪着他咬紧命运的牙关，在生命最后的时光里，梳理记忆的绒毛，把爱打包，把牵挂装进行囊，把生命中的大去当成一场不再回头的远行。

永远记得，遭遇血光之灾的那个深秋，我在重症监护室昏迷了三天三夜，事后才知道，除了家人，几个从小一起长大的哥们儿也一直在门口守着，看到我终于从死亡线上爬回来，才红着眼睛离开，并且把身上的钱都给了我的家人。半道饿了，东凑西凑才凑够了一碗面的钱，哥儿几个狼吞虎咽分而食之。

这个世界上，有更多的人愿意和你分享快乐，只有很少的人，心甘情愿陪着你疼。正是因为有他们陪伴你的疼痛，你的疼才减轻了一半。

那一团瑟瑟发抖的暖

这棵老木，垂垂朽矣，可是竟然使劲地将自己干巴巴的身体，再焕发出一次青春来。那是对我们善念的回报啊！

有人说，这辈子在你身边陪伴过你的任何事物，哪怕是一只小狗小猫，哪怕是一盆花，也证明它们和你是有缘分的。说不定，在上一世里，它们就是你最爱的人。

是的，我珍惜身边的陪伴着我的每一样小东西，它们是暖的，尽管那暖，很微弱。

一个下雨的夜里，一只流浪猫贴着我的窗子，可怜兮兮地望着我，它在寻求一丝温暖。我打开窗子放它进来，它的身上发出腥臊的气味，很是难闻。我给它好好洗了个澡，它才得以焕发了最本真的活力。

猫从我的后背开始向上攀爬，一直爬到我的肩头，然后安安静静地贴在我的耳边，一动不动，仿佛纯天然的毛围脖。我想，这肯定是一只太缺少关爱的猫，它用这样暧昧的讨好方式让我留下它，我又怎么忍心将它赶出去呢？

第二天，在仓库里，我竟然看到它捕捉到了一只很大的老鼠。我想，它那弱小的身躯，在捕捉那个强壮的老鼠的时候，肯定费了很大的力气，它的皮毛被老鼠咬掉了好几撮，看上去有些疲惫不堪。它一边不停地舔舐着伤口，一边"喵喵"地向我叫着，似乎在向我炫耀着自己的本事。这种不自量力，我猜想它肯定不完全是在逞强，它一定是在报恩吧。它或许只是想为我做点什么。

　　大概是因为猫有九条命的缘故吧，它记得太多前世今生的故事。所以，猫的眼睛，总是比别的动物要深邃，仿佛藏着深不见底的秘密，又仿佛对一切都了然，智者般，洞若观火。

　　它最终还是与我不告而别了，或许是找到了以前的主人，或许是发生了什么意外，都不得而知。我只记得，它第一天来的那一晚，就睡在我的被窝里，脚底下，盘着一团瑟瑟发抖的暖，仿佛一个抽泣着的撒娇的小孩。

　　我暖着它，它又何尝不是在暖我。

　　很多年前，在粮库做工的时候，捡回来一只吃了老鼠药的奄奄一息的鸽子。它瑟瑟发抖，在我的怀里，用哀伤的眼神看我。我给它不停地灌水，或许是老鼠药被雨淋得减弱了药效，它竟然奇迹般地被我救活了。

　　在我的屋檐上，它重新抖擞起精神来。我喜欢把粮食放在手掌上喂它，它轻轻地啄，似乎怕啄疼我，吃饱了，就飞到我的肩膀上，在我耳边咕咕地叫着。我听不懂它说什么，但我知道，那肯定是一些好听的话。纯白的鸽子，像一团雪，让我时不时地担心，它会被阳光融化掉。

它不但没有融化掉，而且还断断续续地引回来一大群野鸽子，我的屋檐从来没有这般生机盎然过。

倒是我，被这一团团、一簇簇的暖融化了。一颗心，再不愿去追名逐利，变得柔软，变得慵懒，只想安安静静地享受阳光，享受风。

妻子从垃圾箱里捡回来的一棵鸭掌木，活了一个月之后，终于衰萎。我感动于它临终前的这一次"回光返照"，它努力地让自己短时间内枝繁叶茂起来，这也是为了感恩吧，我愿意这样去揣测一棵树的心。

妻子刚把它拿回来的时候，就是一根光秃秃的棍儿，那一层老皮，仿佛皴裂的老人的手臂。我开玩笑说："这是谁家老头儿的拐杖吧！"

妻子却执意说它还有生命："你看这树根，还有很多须子在呢，那证明它还活着。"

我仔细看过去，的确，很多细小的根须，如同不忍离别的触手，紧紧攀附着那生命的主体。

妻子细心地把它移植到一个大花盆里，精心照料，它竟然真的"起死回生"了！几乎是一天长出一个小巴掌，慢慢地，那干巴巴的树身上就有无数个小巴掌在鼓掌了，似乎在欢庆自己复苏的生命。

我想，万物都是有灵的吧。这棵老木，垂垂朽矣，可是竟然使劲将自己干巴巴的身体，再焕发出一次青春来。那是对我们善念的回报啊！

那颤巍巍地冒出来的几丝柔绿，仿佛一团瑟瑟发抖的暖。借着那微弱的一团暖意，多冷的冬天我都不再畏惧。

把良心的袋子装满

或许你没有财富，无法做慈善，但你可以去做一粒善良的种子，把爱孕育，让爱开花。

　　父亲常说，只要人帮人，世界上就没有穷人。

　　父亲不舍得花钱，是村里有名的"抠王"，可是对那些需要帮助的人，他从不含糊。哪怕他自己不吃不喝，也要尽量去帮助。记得有一次，他把自己的路费给了一个被小偷洗劫一空的老人，自己步行四十里路回家。不知情的乡邻以为父亲又是为了节约路费，"抠王"的名号在村里愈发叫得响亮了。

　　父亲没想到，有一天自己也成了小偷光顾的对象。那一次正是春播时节，父亲和几个乡邻去城里买种子，买完种子后，父亲的兜里还剩下一百多块钱，他没花，连午饭都没舍得吃，就和几个乡邻急匆匆地坐上了回乡下的客车。大概是买票的时候，被人瞄上了他兜里的那张一百元的票子，再翻口袋的时候，那张一百元的票子就不翼而飞了。在那个年代，一百块钱不是个小数目，可以买很多东西呢，父亲急得满头大汗，在翻遍所有的口袋，确定钱丢了之后，父亲感到眼前一黑，差点晕倒过去。车上人很多，父亲看着满车厢的人，感觉每一个都像是偷钱的人。

父亲正在心里痛骂自己粗心大意的时候，听到了车下一个女人声嘶力竭的尖叫："我的种子丢了，你们谁看到我的种子了，那可是我家里一年的种子啊……"

那个丢了种子的女人在那里不停地抽泣，她说她把种子放在站点，自己去解了个手，就这一小会儿工夫，种子咋就没影了呢？她说她家死了男人，里里外外全靠她一个人支撑着，她命苦啊。她呼天抢地，车里人都纷纷对这个丢了种子的人表示同情，纷纷谴责那个偷种子的缺德的人，他断了穷人家的活路。

不管咋的，先上车再说吧。父亲劝她，忘了自己也是个遭遇了盗贼的人。

父亲问同来的乡邻要了个空袋子，放到那个女人手里。他解开自己的袋子，一捧一捧地往那个素昧平生的人的空袋子里装种子，一边捧一边说，你少种点儿，我也少种点儿，日子总能挺过来的。与父亲同来的乡邻，看到父亲的所作所为，也都纷纷打开袋子，往那个人的空袋子里捧种子，不一会儿，那个空袋子就鼓了起来，仿佛吃饱饭的人，振作了精神。那女人不知道说什么好，一个劲儿地要给父亲和乡邻磕头。父亲说："谁还没有个难处，都帮一把，就挺过去了。"

满车厢的人都亲眼看见父亲的小小善举，他们不知道父亲的心灵刚刚经历的创痛。父亲也自始至终没有向人说出自己的钱被偷了。

下车的时候，人很挤。他感觉被人紧紧地贴了一下身子。父亲再一次翻口袋的时候，发现那张百元票子又回到了他的口袋里。就是他自己的那张，他认得，皱皱巴巴的，那上面还有他的体温呢。

望着从车上下来的一个个人，父亲看谁都不再像是小偷。

这个世界上，每一颗良心都是一粒善良的种子，或许你没有财富，无法做慈善，但你可以去做一粒善良的种子，把爱孕育，让爱开花。这些种子会让世界阳光明媚，花团锦簇。

那一滴挤疼了大海的眼泪

在茫茫人世间，是不是只有一种伟大的哭声，孕育生命的母亲的哭声，既能包含忧伤、伤痛，又能包含欢乐、狂喜呢？

一滴水，无法挤疼大海，一滴眼泪，却会！

有一次，母亲在午睡时做了一个梦：我掉进了井里，旁边一大帮人，却没有人去救。母亲赶到了，毫不犹豫地跳进去救我，把我救上来，自己却死过去了。她隐隐地听到人们说："只有当妈的才能这样啊，把孩子救上来，自己却死过去了。"

母亲在睡梦中惊醒，她感到这个梦很不吉利，眼皮也不停地跳，她担心我会发生什么事情，迫不及待地给我打电话，可是我在午睡的时候有关机的习惯，母亲就一遍一遍地打，一直打了两个小时，我才开机。

电话通了的时候，母亲在那边像孩子一样"哇"的一声哭了起来。听完母亲诉说的那个梦，我深深地自责起来。对于母亲来说，无法和孩子联系的这两个小时，是多么漫长。

母亲叮嘱我最近要多注意点儿安全，又一再地安慰我，说梦都是反的，梦见灾难就证明平安，没事的。

这就是母爱吧，她宁愿相信一个不真实的梦，并陷进自己假设的劫难里，难以自拔。

从那以后，我不再轻易关机，因为我怕母亲再做那样可怕的梦。

那一声"惊天动地"的哭泣，着实把我吓了一跳，我分明看到了在哭泣声后尾随而来的那滴眼泪，浑浊、咸涩，却又那么晶莹、甘甜。

看过一篇文章，说一个失去老伴的父亲，内心充满了悲伤，可是他又不得不在儿女们面前装出笑脸，免得让孩子们替他担心。后来，儿女们发现父亲喜欢上了吃洋葱，他总是一个人在厨房里默默地剥洋葱，眼里满是泪水。孩子们问起的时候，他说是洋葱太辣眼。其实他是在找一个借口流泪，给心底的悲伤找一个流淌的出口。

有一种男人，宁可忍耐野火把心烧焦，也不会让火星溅到爱人的发梢；有一种男人，心里藏着一个海洋，流出来，却只有一颗泪珠！

我的父亲也是个刚强的父亲，他唯一一次流泪也是因为我。

那年秋天，我被一个发了疯的酒鬼连刺了四刀，多亏好心的邻居相救，才得以保住性命。在重症监护室里三天三夜昏迷不醒，醒来第一眼，我就看到了父亲。而当看到我终于醒来，父亲的一滴泪重重地砸到我的脸上，继而转身向外狂奔，语无伦次地对亲人们喊着："孩儿醒了，孩儿醒了……"

后来我才知道，当听说我的遭遇时，正在田地里干活儿的父亲风尘仆仆地从老家赶来，竟然连衣服都没来得及换，上面满是泥点子和汗渍的酸味。母亲哭了一道儿，他训斥了一道儿："你号丧个啥，儿子没事儿也被你号出事儿了。"话虽如此说，心里早已七上八下地没了谱儿。

父亲，这个刚强了一辈子的汉子，天灾令他颗粒无收时没流过一滴泪，上山砍伐木头被大树压断腿时没流过一滴泪，听说我出事儿时没流过一滴泪……在确认我醒了、重新活了过来的时候，终于哭了一次。那一滴砸在我脸上的泪水里面，蓄着父亲满满六十多年的沧桑。

现代舞之母邓肯的一生充满了太多的悲凉，一天之内，她的一双儿女就被汽车葬送于莱茵河中。她在自传里悲伤地写道："在人的一生中，母亲的哭声只有两次是听不到的——一次在出生前，一次在死亡后。当我握着他们冰凉的小手时，他们却再也不会握我的手了。我哭了，这哭声与生他们时的哭声一模一样。一个是极度喜悦时的哭声，一个是极度悲伤时的哭声，为什么会一样呢？我不知道为什么，可我清楚这哭声真的是一样的。在茫茫人世间，是不是只有一种伟大的哭声，孕育生命的母亲的哭声，既能包含忧伤、伤痛，又能包含欢乐、狂喜呢？"

一滴水，无法挤疼大海，一滴眼泪，却会！

因为那一滴滴眼泪里面蕴藏着无穷无尽的情感的风暴。

我打扫天空，你邀请太阳

现在借给他钱，不再是让他挥霍的，而是在帮他打扫天空，帮他扫出一条容得下万丈光芒的路。

　　勇是我的一个朋友，早些年以精通"借钱"而闻名。他口才极好，和陌生人见了一面就可能会交为朋友。他的应酬多，免不了要多花钱，靠那点工资总是显得捉襟见肘。他便时不时地向别人借钱。他借钱的办法是，向这个人借钱，一个月后向另一个人借钱来还这个人的钱，然后再向另外的人借钱，以此类推，按照他"朋友"的数量，再轮回第一个"朋友"那里，大概一年也就过去了。因为每次他借的钱也不是很多，所以他几乎每次都不会空手，还闹个手头挺宽裕的。不过，他这样时间长了，朋友们也就看清他了，渐渐就远离了他。我是他"以此类推"中的一个，只是，他这样，让我心里很不是滋味，所以，当他再次和我开口借钱的时候，我拒绝了。我想，我是第一个拒绝他的人吧。

　　他显得有些惊讶，他觉得借个千八百块对于我来说不过小菜一碟，不至于让他吃了"闭门羹"，所以瞬间显得有些尴尬。"这样长久下去，对你无益，会使你陷入'借钱综合征'的。"我给他讲了一个故事，"南北朝时，有个北燕，北燕王高云重用豪侠壮士，最信任离班和桃仁。高云给了他们无数宝物，吃的住的，都和自己一样。离班和桃仁很悲愤，说：'我们吃住和他一样，凭啥子他是王？'愤怒的二人持剑入宫，杀了高云，然后他们也被侍卫杀掉了……升米恩，斗米仇，太多的付出，有时反会激发出对方心中的恶。"他若有所思，他的"财富链"在我这里断掉了，虽然对我有些失望，但我的那些话还是在他心里产生了某种影响。

渐渐地，他就改掉了喜欢借钱的毛病。没了钱，自然，那些耗费精神的各种应酬也就少了许多，转而做一些其他的事。他擅长摄影，尤其喜欢拍摄日出，业余时间便去采风，有时候会喊上我。我记得我们凌晨就跑到那座山上去等日出的场景，我睡眼惺忪的，而他却异常精神，把相机调好，时刻等待着那轮喷薄而出的太阳。"不，不是等待，是邀请。"他纠正我。在他眼里，太阳就是他心中的神，他要拿出全部的热情去邀请它。他现在的状态我很是欣赏，他已经彻底从过去的不堪和阴霾中走了出来，真的如那轮浴火重生的太阳一样，令人刮目相看。果不其然，昨天他接到了通知，他的这组关于日出的照片在全国摄影比赛中拿了大奖！

三分帮人真帮人，七分帮人帮死人。授人以鱼，不如授人以渔。过多的帮助，会使一个人成为处处依赖别人的废人，失去生存的能力，终要被社会淘汰。所以，在帮一个人的时候，我们要做的只是打扫天空，邀请太阳还需要靠他们自己。

"要不是你让我改掉那个坏毛病，这么些年，不知道会变成什么样子呢。"获奖的第二天，勇给我打电话约我喝酒，在酒桌上感激地对我说。

"这是一个真正的朋友应该做的啊。"我说。

"不过，我要是弄个摄影展的话，免不了还是要向你开口借钱的啊！"他故意说道。

"没问题！"我应得干脆。我知道，现在借给他钱，不再是让他挥霍的，而是在帮他打扫天空，帮他扫出一条容得下万丈光芒的路。

然后，请他自己，去邀请那轮生命中的太阳！